Sonya
ソーニャ文庫

軍神の涙

桜井さくや

イースト・プレス

contents

序章

――アシュリーが生まれた王国、アルバラードでの日々は、仲の良い両親と伯父《おじ》一家とで過ごした思い出がほとんどだ。

父エヴァンは穏やかでおっとりした性格の伯爵家の主人。

母フェリスはそんな父に恋をして、周囲の反対を押しきって伯爵夫人に収まった王の妹。

母には二人の兄がいたが、特に真ん中の兄ライナスとは結婚後も互いの城を家族で頻繁《ひんぱん》に行き来するほど仲が良かった。そんな伯父一家はアシュリーにとってもごく自然に身近な存在となり、その一人息子で四歳上のジェイドとは兄妹のように育った。

「あーっ、ジェイドってば、また頭がボサボサのままだわ！」

その日もアシュリーは、朝一番に伯父の城へ両親と訪れていたのだが、食堂へ向かう途中、大あくびをしながら自室から出てきたジェイドを見つけ、すかさず声を上げていた。

「げ、アシュリー」

彼は廊下の先に立つアシュリーに気づくや否《いな》や、顔をしかめてクルリと背を向ける。ちゃんとしていれば美しい銀髪が酷《ひど》い寝癖《ねぐせ》でボサボサだ。

後頭部などは鳥の巣《す》のようになっていて、アシュリーはそれを見るなりウズウズしてしまい、両脇に立つ両親の顔を交互に見上げた。

「お父様、お母様。ジェイドの髪を梳《と》かしてきてもいい？」

「あぁ、そうだね。今日はまた一段と大変なことになっているみたいだ。アシュリー、私たちは先に食堂に行っているから、終わったら彼と一緒に来るんだよ」

「はいっ！」

苦笑いを浮かべた父エヴァンの言葉にアシュリーは笑顔で頷《うなず》く。

父の隣では母が肩を震わせて笑っていたが、「いってらっしゃい」と背中を押されたので、何の迷いもなくジェイドのもとへ駆け寄った。

「ジェイド！」

「なっ、なんだよ。またそんなもの持ってきたのかよ」

「だって必要でしょ？」

彼のもとに辿《たど》りつくと、アシュリーは首からさげていた小物入れから櫛《くし》と手鏡《てかがみ》を得意げに取りだす。

これらはジェイドのために用意してきたものだ。

アシュリーは手鏡で前後左右を確認し、呆《あき》れ顔の彼に構うことなく、絹《きぬ》のような手触りの髪をいつものようにせっせとその場で梳かしはじめた。

けれど、ジェイドは一つのところに落ちついていられない性格だ。まだ数秒しかたっていないのに、あっちを向いたりこっちを向いたりとすぐに頭を動かしてしまう。

「あ、動いちゃだめ！」

「……早くしろよな。身体が石になっちまう」

注意をすると憎まれ口を叩《たた》かれ、アシュリーは少しむっとする。

そもそもジェイドが頭を鳥の巣にして、それを放っておくからこうなっているのだ。

誰かに直してもらってはどうかと言っても、面倒くさそうな顔をして頷かない。

だったら自分で整えるべきなのに、それを言うと『いつもは完璧《かんぺき》なのに、こんな状態のときに限っておまえが来るんだ』と、なぜかふんぞり返って言い返されてしまう。

しかし、ジェイドが完璧なときなんてアシュリーはほとんど見たことがない。

とはいえ、あまりしつこくすれば妙《みょう》な屁理屈《へりくつ》を捏《こ》ねだし、面倒な問答を繰り返すことになるのが目に見えている。

こういうときは黙って行動に移すのが一番だろう。

長い付き合いで彼の言動を熟知しているアシュリーは早々にそれを悟り、いつからかここに来て最初にするのがジェイドの髪を梳かすことになっていた。

——それにしても、今日は特に酷いわ。

彼の寝癖には慣れている気でいたが、今日は何度櫛を通しても鳥の巣に戻ってしまううえに、外側に反りかえった髪も頑固《がんこ》に主張してなかなか直ってくれない。どうしたらこんな寝癖がつくのかと不思議に思うほどだった。

「ね、ジェイド。もうちょっと屈《かが》んで。首が痛くなってきちゃった」

「ん？　ああ」

ただでさえジェイドは四つも年上で、同じくらいの年の子より背が高い。

少し屈んだくらいでは、まだ八歳のアシュリーにはなかなか届かず、髪を梳かすのも一苦労だった。

「——あっ」

ところが、中腰になりかけた彼の意識は、その途中で別の何かに奪われてしまう。

ジェイドは広大な庭をじっと見つめ、ぱっと振り返ると櫛を持ったアシュリーの手首をいきなり摑んだ。

「アシュリー、いいものを見せてやる！」

「えっ!?　まだ終わって…」

「あとでいいって」

アシュリーのほうは、困惑しながらも強引な動きに逆らえない。

　前を歩く彼の歩幅に合わせるために小走りでついていかねばならず、小物入れに櫛と手鏡を仕舞《しま》うのが精一杯で、目的の場所に辿りつく頃にはすっかり息が上がってしまっていた。

「見ろよ、アシュリー！」

「はぁ、はあ…っ、……あ、お馬？」

「ああ、こいつ、俺のになったんだぞ！　そろそろ自分の馬を持ってもいいって父上が許してくれたんだ！」

　ジェイドがアシュリーを連れてきたのは庭の一角にある厩舎《きゅうしゃ》だった。

　満面の笑みで彼が馬の頬に額《ひたい》を押しつけると、馬のほうもすっかり懐《なつ》いた様子で嬉しそうに尻尾《しっぽ》を揺らしている。

　彼は去年生まれたこの馬を殊《こと》のほか気に入り、ずっと世話をしてきたのだ。

　こんな姿を見てきたからこそ、伯父もジェイドが馬を持つことを許してくれたのだろう。

「よかったね！　これからずっと一緒だね！」

　彼が嬉しそうだと、不思議とアシュリーも嬉しくなってくる。

　笑顔で言うと「今度おまえを乗せてやる」と言われて、ますます嬉しくなった。

「あっ！　お二人とも、こんなところにおいででしたか。食事の準備ができて、皆様お待ちですよ！」

と、そのとき、使用人の男が息を切らせて厩舎にやってきた。

額には大量の汗が光り、かなり走りまわった様子だ。それを見ているうちにアシュリーは父との会話をハッと思いだした。

「あっ！　食堂へ向かうように言われていたんだわ！」

「なら行くか」

「うん」

「……おっ!?」

「どうかしたの？」

「なんだこいつ。かっこいいな」

「なになに？」

戻ろうとした矢先にジェイドは何かを見つけたらしく、目を輝かせて厩舎の柱にひょいと手を伸ばす。

それにつられて、何気なくアシュリーも彼の手元を覗《のぞ》きこんだ。

「キャーッ!?」

だが、摑んだソレを見た途端、アシュリーは悲鳴を上げた。

彼が手にしたのはトカゲだ。かっこいいなんて冗談じゃない。アシュリーはなかなかの大きさのわりにすばしっこく動くソレが大の苦手だった。

「なんだよ。そんなに騒ぐことかよ」

「ジェイドのばかッ！　苦手だって知ってるくせに…ッ！　やだってば！　早く見えないところにやってよっ!!」

「ちっ、わかったよ。……ほら、元の場所に戻したから行くぞ！」

両手で目を隠して騒いでいると、ジェイドは渋々《しぶしぶ》ながらもトカゲを手放したようだ。

アシュリーはほっと息をつき、指を少しずつ広げた。

すると、既に歩きだしていた彼の背中が、厩舎を出ようとしていたのに気づいて慌てて追いかける。途中、トカゲが追ってきたらどうしようと不安に駆られて振り返ったが、というに身を隠したようで、もうどこにもその姿はなかった。

厩舎を出た二人は迎えにきた使用人と食堂へ向かう。

だがその道すがら、ジェイドはまたも何かに気を取られて足を止めた。

焦《あせ》る使用人を横目に彼が動きだす気配はない。今度は何だとその横顔を見上げると、先ほどまでとは打って変わり、とても険《けわ》しい表情を浮かべていた。

「ジェイド？」

彼の視線は庭の一角で剣術の訓練をする若い兵士たちを追いかけている。

しかしそれは、いつも目にするありふれた光景だ。別段気を取られることではないように思え、アシュリーは急《せ》かすつもりでジェイドの袖《そで》を引っぱった。

「ねぇ、ジェイド。早く食堂へ…」

「いつまで、こんなことが続くんだろうな」

「え？」

「弓も槍《やり》も剣も、すべて人を傷つけるための道具だ。それを上手に扱うための鍛錬《たんれん》を、俺たちはああやって日々欠かさない。相手は同じ言葉を使う人間なのに、どうしていつまでも傷つけ合わなければならないんだろう……。本当に馬鹿《ばか》だよ」

「ジェイド……」

それはどこか悔《くや》しさが滲《にじ》んだ横顔だった。

彼を見ているうちに胸が苦しくなり、アシュリーはジェイドの袖を摑んだまま訓練に勤《いそ》しむ兵士たちに目を向けた。

――だけど、あの人たちがしていることは必要なんだって、お父様もお母様も言っていたわ。今はどうしようもないって……。

アシュリーだって、彼らが好きこのんで鍛錬を積んでいるとは思っていない。

けれど、この国の誰もが『不測《ふそく》の事態に備えよ』と物心つく前から教えられていて、あのような光景は日常的にどこでも見られるものなのだ。

もちろん訳もなくこんなことをしているわけではない。

すべての要因は、このアルバラードとその隣国ローランドが、長年にわたって不安定な関係を解消できずにいることにあった。

事の始まりは、互いが互いの領土を主張し譲らないという、隣国同士にはよくあるいざこざだ。

だからといって、各地で毎日のように起こる小競《こぜ》り合いを放置してきたわけではない。

ローランドとは何度も話し合いの場を設け、争いを禁じる協定を結ぶなどして歩み寄ったときもあるにはあったが、ここ数年でローランド側が再び領土を主張しはじめ、その協定が意味をなさないものとなってしまったという流れがある。

彼らがここまで強く出るのは国力の差によるものが大きい。

もともとアルバラードとさほど力の差がなかったローランドだが、近年になって彼らは周辺の小国を取りこみ、その力を増大させていった。今や二国間の力関係は崩《くず》れつつあり、アルバラードはいつどうなるかわからない状態なのだ。

だから不測の事態に備え、一人でも多くの兵を育て、力をつけなければならない。

それは誰もが当たり前に知っていることだった。

「ローランドのやつらに怪我を負わされて戻っても、治ったらまた行かなくちゃいけないんだ。戻ってこない兵士もいる。もう何度もそんな話を聞いた。きりがない……」

ジェイドの掠《かす》れた声が、アシュリーの小さな胸にちくんと刺さる。

袖を摑んでいた手を放して彼の腕にしがみつき、頬をすり寄せた。

普段はずぼらで落ちつきがない面が目立つが、こう見えてジェイドの剣の腕は大人をも凌《しの》ぐほどだ。

その腕は多くの者に期待され、王族といえどもいずれは前線に立つ可能性がある。伯父のライナスはそんなジェイドの将来を見据《みす》え、国境付近を警護し、厳しい現実に直面している野戦軍の人々と交流を持たせ、そこでさまざまなことを見聞きする機会を与えていた。だからこそ、ジェイドはそういった人の痛みにも気づくことができる。何よりも、現状を変えられずにいることが彼は悔しくて仕方がないのだろう。

時折見せる彼のそんな遠くを見る眼差しに、アシュリーはいつも胸が苦しくなってしまう。この気持ちが何なのかはまだよくわからないが、こんなときはしがみつかずにはいられなかった。

「行こう」

「…うん」

ジェイドの腕にしがみついたまま、二人は今度こそ食堂に向かう。

その間、彼はアシュリーの腕を振り払うようなことはしなかったし、歩調もゆっくりと合わせてくれた。

それがわかってジェイドの顔をチラチラ見ていたら、「なんだよ」と言って、ちょっとだけ顔を赤くしたのがやけに可愛く感じてますます強くしがみつく。そんなたわいないやりとりが、今日はいつもより楽しくて幸せだった。

「やっと来たな。待ちくたびれてしまったぞ」

食堂に着くと、自分たちの両親がそれぞれの席で待っていた。

かなり待たせてしまったみたいだ。

アシュリーはぺこりと頭を下げて謝罪し、ジェイドの腕を席のほうへ引っぱった。

「あら？　アシュリー、ジェイドの髪はそれでいいの？」

「え？」

ところが、そんな様子を見ていた母フェリスが首を傾《かし》げる。

ジェイドの髪？　と考え、アシュリーはそこでハタと気がつく。

「あぁーッ!!」

結局ジェイドの髪を直せていない。

素知らぬ顔で自分の席に着こうとしている彼の後頭部は鳥の巣のままで、それ以外のところもあちこち反りかえっている。

これでは何のために櫛や手鏡を持ってきたのかわからない。

アシュリーは慌ててジェイドを追いかけ、椅子に座った彼の後ろに立つと、小物入れから櫛と手鏡を取りだしいきなり髪を梳かしはじめた。

「おわっ!?　なんだよ」

「もう逃げちゃだめ！　あとで直すって約束したでしょ」

「そうだっけ？」

「そうよ。ほら見て。こんなにはねているのよ」

「お、おう…」

手鏡ではね具合を彼に見せつつ、はしたないと思いながらもフィンガーボウルの水を使って髪を整えていく。

少しずつ鳥の巣が小さくなり、はねがなくなって徐々に凛《りん》とした姿を取り戻す。

その手際に感心した伯父のライナスが、目尻を下げながら口を開いた。

「ああ、こうして見ると本当に似合いの二人だな。どうだろう。将来この二人を結婚させてしまうというのは？」

「あら、お兄様もそう思う？　私も常々そうなったらいいと思っていたのよ」

「フェリス、あなたも？　実は私も……」

「お義姉様《ねえ》も？　やだ、思うことは皆同じなのね」

「……まだそういう話は早いんじゃないかな？」

「あらエヴァン。そんなことないわ。こういうのは早く決めておいたほうがいいのよ」

冗談めかしながらも皆の意見はアシュリーの父を除いて同じのようで、やけに盛りあがっている。

――ジェイドと私が結婚!?

思いもよらない話だったが、想像するだけで顔が熱くなっていく。

それを見た大人たちがますます盛りあがり、アシュリーのほうはまんざらでもなさそうだとジェイドをけしかける。すると、それまで無反応だったジェイドが不意に振り返り、灰色がかった青い瞳でアシュリーをじっと見つめた。

「な、なに…っ」

ただ見つめられるだけでも恥ずかしくて、もじもじしてしまう。

それでも内心では彼が何を言ってくれるのかに期待をしている自分がいた。

程なくして、ジェイドはふっと笑みを浮かべて立ちあがる。心臓が大きく飛びはね、アシュリーは彼の唇の動きを目で追いかけた。

「仕方ないな。そんなに言うなら、俺がもらってやるよ」

「……!!」

ジェイドの言葉に大人たちが歓声を上げ、拍手喝采《かっさい》となり一気に場が盛りあがる。

アシュリーは真っ赤になった頬を両手で押さえ、胸がいっぱいで何も答えられない。そんな様子に優しい笑みを浮かべたジェイドは、懐《ふところ》からおもむろに何かを取りだすと、アシュリーの肩にそっと置いた。

「誓いに俺の宝物をやる。大切にしてくれよな」

そう思いながら、アシュリーは肩に置いてくれた彼の宝物を手にしようとする。

こんな紳士《しんし》な顔をしたジェイドは初めてだ。

「えっ、そんな…っ、そんな…っ」

「……っ」

よく考えれば、このタイミングで都合よく宝物など持っているわけがなかったのだ。

一瞬で身体が固まり、思いのほかすべすべした肌触りにアシュリーは顔を引きつらせる。

が、触った途端、ソレはモゾッと動いた。

「ひゃあああーッ！　いぃやぁあああーッ!!」

アシュリーの絶叫《ぜっきょう》と共に、食事の置かれたテーブルの上にトカゲがサッと飛び乗った。

大人たちもぎょっとして、そこで何が起こっているのか理解したらしい。ライナスが怒りの形相で立ちあがり、容赦なくジェイドに大きなげんこつを見舞った。

「ジェイドッ!!　おまえはどうしてそう碌《ろく》でもないことをいつもいつも…ッ！」

「いってぇーッ！」

「大体、おまえは王族という自覚がなさすぎる！　口が悪ければ態度も悪い。野戦軍の荒くれ共に影響されすぎだ！　そもそも身だしなみなど基本中の基本だろうが！　一体誰に似てそうなったんだ!?」

「あら、お兄様の子供の頃にそっくりじゃない。ねぇ、お義姉様？」

「そうね。びっくりするくらい似ているわ」

「ええい、おまえたちは少し口を慎め！　示しがつかないではないか!!」

外野《がいや》がいろいろと口を出すものだから収拾がつかない。

アシュリーは大嫌いなトカゲを触ってしまったショックで泣きわめき、それを宥《なだ》めようと父が抱きしめに来てくれた。

けれど、トカゲは今もテーブルの上で置物のように鎮座《ちんざ》している。うっかり目が合ってしまったアシュリーはまた悲鳴を上げて小さな子のようにわんわん泣きだした。

――ジェイドのばか！　最低最低ッ!!

泣きながら元凶を探して父の腕ごしにジェイドを睨《にら》む。

彼はげんこつを落とされた自分の頭をさすっていたが、アシュリーの視線に気づくや否や、ニヤッと口端《こうたん》を引きあげ、目を細めて笑う。それは彼がアシュリーへの意地悪が成功したときに浮かべる、心底愉《たの》しげでたちの悪い笑いだった。

「……ッ!!　ひぃい…っく」

「あぁ、よしよし。アシュリー、大丈夫。怖いのは向こうへやってもらったよ」

「お父様ぁーっ」

アシュリーは優しく抱きしめてくれる父の胸に顔を埋める。

ジェイドにちょっとときめいてしまった先ほどまでの自分をなかったことにしたい。こんなふうに罠《わな》に嵌《は》められるのはわりといつものことなのに、すっかり彼の策に乗せられたことが悔しくて堪《たま》らなかった。

ジェイドは、まだ笑っている。

アシュリーは地団駄《じだんだ》を踏み、八歳といえど女心を傷つけられた怒りがなかなか収まらず、その日はジェイドと一言も口をきかなかった——。

思えばトカゲの件以外にも、ジェイドの意地悪で泣かされたことは何度もあった。

そのたびに彼は『してやったり』という顔をしてアシュリーの怒りを増大させるが、最後には必ず伯父のライナスの鉄拳が飛んでくる。それで一旦スッキリはするが、あの手この手で次々と意地悪なことを考えてくるのできりがなかった。

ただ、その怒りはなぜだかいつもそう長くは続かず、大抵次の朝には忘れている。

気がつくとアシュリーはまたジェイドのあとを追いかけていて、そのたびに泣かされ、時間がたてば何事もなかったように彼を追いかけてしまう。

懲りないと言えばそのとおりなのだが、ジェイドを追いかけるのもボサボサの髪を梳かすこともアシュリーにはとても楽しいことで、それがごく自然な日常でもあった。

大人たちに温かく見守られ、言いたいことを言い合えるこの関係が特別なものかどうかはわからない。けれど、きっといつまでも変わらずに続くものなのだろうと、アシュリーはそう信じて疑わなかった。

——ところが、アシュリーが十歳になって間もなくの頃、その日常に予想もしなかった形で暗い影が落ちた。

流行病《はやりやまい》により、優しかった父エヴァンが急逝《きゅうせい》したのだ。

それは病に倒れてまだ半月もたたない中での出来事で、父の死を目《ま》の当たりにしても、アシュリーがそれを現実のものとして受け入れるには、何もかもがあまりに急すぎた。

「エヴァン、エヴァン…ッ!!」

眠るように目を閉じて動かなくなった父に、母は悲痛な声で縋《すが》っていた。

アシュリーはすぐ傍でその光景を見ていたが、ただ呆然《ぼうぜん》と立ち尽くすしかできない。

母の泣き声が遠くに感じる。

代わりに自分の呼吸がやけに大きく聞こえた。

身体は金縛《かなしば》りにかかったように動かず、目の前のことが、まるで別世界で起きた出来事のようだった。

そうだ、これはきっと夢なんだわ。

だってこんなことがあるはずがないもの。

「おい、アシュリー！」

けれど、現実逃避をしかけたそのとき、ぐっと強く肩を摑まれる。

はっとして顔を上げると、隣にいたジェイドが目を真っ赤にしてアシュリーを覗きこんでいた。

部屋には伯父と伯母もいる。父が危篤《きとく》状態に陥ったと知って早馬で駆けつけ、昨日からここに泊まりこんでくれているのだ。彼らも目を赤くしていて、『大人でも泣くことがあるんだ』とアシュリーは頭の隅でぼんやり考えていた。

「……ッ、おまえ、なんて顔してるんだよ」

「どんな顔？」

首を傾げると、ジェイドはぐしゃっと顔を崩す。

滲んだ彼の涙を拭《ぬぐ》ってあげようと思い、いつものように首からさげていた小物入れからハンカチを取りだそうとしたが、その途中で手を摑まれてしまった。

見ればジェイドは怒った顔をしていて、そのことに目を丸くしていると、彼はアシュリーを摑む手とは反対の指でおでこをいきなり弾《はじ》いた。

「痛ッ！」

「この馬鹿がッ！　こんなときに人のことなんて気にするな！」

「馬鹿、馬鹿、馬鹿アシュリーッ！」

「な、なにっ!? 痛ッ、痛いったら！」

ピシピシと何度も指先で弾かれ、痛みを訴《うった》えても彼は止めてくれない。それに気づいた伯父たちが顔を背けても追いかけられて、何度も執拗《しつよう》に弾かれた。それに気づいた伯父たちが注意注意をしたが、それでもジェイドは止めようとしなかった。

「痛いぃっ、なにするの、ジェイド。痛いってばッ！」

「うるせぇ！　痛くしてるんだから当たり前だろうが！」

「なんでぇ!?」

そのうちにジワリと涙が溢《あふ》れてくる。

痛くて、どうしてそんなことをするのかわからなくて、ぽろんと大粒の涙が零《こぼ》れた。

そうすると今度は涙が止まらなくなる。ジェイドはそこでようやく動きを止めたが、アシュリーの涙は次々溢れて止めどがなくなってしまった。

「ジェイドのばかぁー！」

「馬鹿はおまえ！　いつもみたいにそうやって泣いとけばいいんだ!!」

泣きながらその胸をぽかぽか叩くと、反対にジェイドに怒られた。

驚いていると腕を摑まれ、そのままベッドの傍まで引きずられる。すると、それまで父に泣き縋るばかりだった母が顔を上げ、アシュリーに手を伸ばしてきた。

痛いくらいに抱きしめられて、アシュリーは母の腕の中から父を見つめる。

まるで眠っているように綺麗な顔だ。今にも起きだして、『おはよう』と優しく笑いかけてくれそうだった。

だけど、本当はアシュリーだってちゃんとわかっていた。

父の笑顔はもう二度と見られない。その指先一つ動くこともない。

認めたくなくて、現実逃避をしたかっただけだ。

「ふ…、う、ぅ…、あぁ…っ、……ッ、あぁあ――っ！」

アシュリーは母にしがみつき、気がつくと声を上げて泣いていた。

ジェイドの指に弾かれたおでこがズキズキと痛む。

けれど、その痛みが今日は温かい。

彼らしい不器用で優しい意地悪だった。泣かせることで、アシュリーに現実を受け入れさせようとしたのだろう。

堰《せき》を切ったように泣きだしたアシュリーと一緒に母も泣いていた。

優しく穏やかな人柄だった父エヴァン。伯爵家の嫡男《ちゃくなん》だった父は、王宮に訪れた際に母フェリスに一目惚れをされ、同じように恋に落ちたのだという。母は『エヴァンと一緒になれなければ自害する』と言って、先代の国王である彼女の父や重臣たちを大いに困らせたというのは有名な話だ。

もっと良い家柄の男のほうが…と渋る周囲の声を説き伏せたのは他でもない彼女の二人

の兄であり、その後ろ盾を得られたことで二人は一緒になった。

二人の馴れ初めを聞いたとき、アシュリーは自分の胸がいっぱいになったのをよく覚えている。

父と母は愛し合って一緒になったのだ。そんな二人のもとへ生まれてきたことを幸福に思い、いつも笑顔で寄り添う姿をもっと好きになった。

——なのに、もうお父様とお母様が並ぶ姿を見られない。

抱きしめて優しく撫《な》でてくれる温かな腕が半分になってしまった。

喪失感と哀しみで母の腕の中で途方に暮れる。寂しくて寂しくて、父の腕を求めていると、ジェイドが自分たちを抱きしめてくれた。

その腕が温かいことを知り、余計に涙が止まらない。

いつしか外は雨が降りだし、その場にいた誰もが朝になるまで泣いていた——。

＋　＋　＋

父エヴァンの死からしばらくは、ぽっかりと心に穴が空いたようだった。

それは母も同じだったのだろう。以前にも増してアシュリーを溺愛《できあい》する母の姿は寂しさを埋めているようでもあり、アシュリーのほうもまた、そんな母の温もりに触れると安心した。

周囲はそんな二人の様子を心配していたが、今はそうやって心のバランスを取ろうとしているのだろうと黙って見守ってくれているようだった。

けれど、心の傷を癒やす時間は、そう長くは与えられなかった。

ここ数年でますます冷えこんだ関係を改善させようというアルバラード側の働きかけで、小競り合いが繰り返されてきた隣国ローランドの要人を国賓として王宮に招《まね》いたときのことだ。

「――あっ!?」

その日は王族の一員として要人をもてなすため、母フェリスに伴《ともな》われてアシュリーも王宮に訪れていたのだが、少々時間に遅れてしまい、急ぎ廊下を曲がったところで人にぶつかってしまった。

相手は大柄な男で、子供のアシュリーは簡単に弾き飛ばされてしまう。

床に転がり痛みに耐えていると、母に抱き上げられ、ぶつかった相手を顔をしかめながら見上げた。

「おまえは、どこの娘だ?」

「え…？」

「母親はおまえか？　ほう、随分《ずいぶん》若いな」

「あなたは…？」

「私はブルーノだ」

男は謝罪するどころか、不躾《ぶしつけ》な眼差しでアシュリーを見下ろし、フェリスにも視線を移す。

二人とも困惑していた。そのときは相手が誰だかわからなかったからだ。

だが、その大柄な男の正体はホールに辿りついてすぐにわかった。

このブルーノこそが招待を受けてこの国に訪れていた要人だったのだ。

彼はローランド王の弟でもあるらしく、そのような高い身分の者がやってきたことに、最初は皆、密かに喜んでいた。

向こうも本気で衝突《しょうとつ》する意思があるわけではない。関係を好転させられる兆《きざ》しが見えたと思っていたのだ。

だからこそ、食事の席で突如《とつじょ》フェリスを指差したブルーノの発言は余計に耳を疑った。

「ここまで出向いた土産として、あの女をもらって帰ろう。ああ、心配するな。ついでに娘も引き取ってやる。離れていては寂しかろうからな」

不遜な態度とその内容に、その場にいた皆が凍りついていた。

王も戸惑《とまど》いを顔に浮かべていた。いくらなんでも容易《たやす》く頷けるわけがない。フェリスが夫を亡くして間もない身であること、夫の遺《のこ》した家を守らなければいけないことを告げ、何とか話を躱《かわ》そうとしていたようだった。

しかし、ひとしきり王の話に耳を傾けていたブルーノは、唇を歪《ゆが》めてそれを一笑《いっしょう》に付《ふ》す。

「陛下、あなたはご自身の立場を勘違《かんちが》いしておられるようだ。我々は対等ではないのですよ。私の機嫌一つで、この美しいアルバラードを火の海に変えることもできる。少々面倒だからやらなかっただけで、あなたがたは我々に生かされてきたのです」

建前上丁寧《ていねい》な言葉を使ってはいるが、その内容には明らかな恫喝《どうかつ》が込められていた。

ブルーノの発言からは、上下関係をはっきりさせようという意志がありありと伝わってくる。この国に来たのは友好関係を築くためではなかったのだ。

けれど、王にとってフェリスは可愛い妹だ。

夫を亡くした心の傷を案じてもいた。

それだけではない。民を人質に取られ、服従せよと言わんばかりの一方的なやり方は屈《くっ》辱《じょく》的で、受け入れがたくもあった。

ところが、そんな王の心を宥めたのは、他ならぬフェリス自身だった。

己の立場を誰よりも理解していた彼女は、一旦場がお開きになったあと、話を受け入れるよう自ら王に申し出たのだという。

今のアルバラードではローランドに勝てない。事を起こしても、大きな不幸を呼びこむだけだ。無闇に争って人々を苦しめてはいけない。自分は王族の一人として、この国の人々を守るべき立場にあるのだと――。

アシュリーはあとになってそのことを聞かされ、自分も隣国へ行くのだと知らされた。父の死からまだ半年もたっていない。

どうしてあんな男のもとへ母が嫁がねばならないのだ。

戸惑いしかなかったが、先に帰国したブルーノに再三《さいさん》にわたって急かされ、フェリスとアシュリーはそれからすぐに旅立たねばならなくなり、立ち尽くしている余裕など与えられはしなかったのだ。

＋　＋　＋

――旅立ちの朝は、とても静かだった。

このような横暴《おうぼう》な要求を受け入れざるを得ない両国の力の差に歯噛《はが》みすることはあっても、祝福して見送るなどできようはずがない。

大半の国民の感情を配慮した、内々だけの寂しい見送りだった。

「皆、ほとんど喋らない……」

訪れた人々の姿を眺めながら、アシュリーはぽつりと呟く。

両陛下に、その息子であるケヴィン王子とレナード王子。

それからジェイドと、彼の両親である伯父夫婦。何人かの大臣の姿もあった。

アシュリーにとって大切な人々ばかりだ。中でも一番身近な存在だったジェイドがむっつりと黙りこみ、何も話してくれないのが寂しくて仕方ない。

母を振り返ると、気丈に微笑んで一人ひとりに別れの挨拶《あいさつ》をしている。まだ少し時間がありそうだと思い、アシュリーはジェイドのもとへ近づいていった。

「ジェイド」

「……」

彼の前に立って話しかけるが、ジェイドは口を固く引き結んだままだ。

少しでいいから話をしたい。そう思って、アシュリーは彼と会うときには必ず持ってくる小物入れから櫛と手鏡を取りだした。

「ジェイド、今日も髪がはねてるわ」

言いながら、嘘をついた自分に笑ってしまう。

本当は今日に限って少しも髪がはねていなかった。

だけどジェイドに触りたくて、いつものように髪を梳かしたくて、アシュリーは彼に手を伸ばした。

彼は何も言わずにそれを受け入れてくれている。

柔らかく綺麗な銀髪。黙っていれば、顔立ちだってドキドキしてしまうほど素敵だ。

どうしてこんなことになったのだろう。

ずっと一緒だと思っていた。一生ジェイドのあとを追いかけていくのだと思っていた。

「あ、そうだわ。これをあげる。手鏡なんて男の人は持ってないでしょ」

ふと思い立ち、アシュリーは櫛を通すのを止めて手鏡を彼に握らせる。

ジェイドはその手鏡をじっと見つめていたが、やがてアシュリーに視線を戻した。

「も、もう…、ジェイドの寝癖を直せないんだから、これからは自分でやらないと……」

けれど、言いかけた言葉は途中で呑《の》みこんでしまった。

手鏡が彼の手の中でぶるぶると震えている。

見開かれた目は瞬きもせず、ぐっと力の籠《こも》った唇が真一文字《まいちもんじ》に引き結ばれていた。

「ジェイド？」

「……っ」

もう一度触れようとアシュリーは彼に手を伸ばす。

だが彼はサッと身を引き、触れさせてくれない。顔をしかめて唇を震わせ、今まで見たことのない不思議な表情を浮かべていた。

「あッ！」

そのまま彼は身を翻《ひるがえ》すと、アシュリーに背を向けて走り去ってしまう。

「ジェイド、待って！　ジェイドッ！」

「アシュリー、どこへ行くの！」

追いかけようとしたが、その前に腕を摑まれる。

振り向くと母が立っていた。

「お母様、ジェイドがどこかへ行ってしまったの」

「そうね……」

「まだ、さよならが言えていないの」

「……」

「それにね、今日はジェイドの声を聞いてない。だからまだ行けないの！　ここを離れられないの!!　追いかけなくちゃ、だって私、私……ッ」

「アシュリー……ッ！」

アシュリーが駄々《だだ》を捏ねると、母に強く掻《か》き抱《いだ》かれた。

もう追いかけることはできないのだと言われているようで胸が苦しい。

いやだ。ジェイドを追いかける。お母様もずっとここにいるの。ローランドになんて行きたくない！

心の中で叫んだが、それは口に出せなかった。

母の涙を見てしまったから言えなくなった。

「フェリス様、そろそろ……」

「え、ええ、……そうね」

兵に急かされ、零れた涙を拭いながら母が頷く。

アシュリーの手をしっかりと握りしめ、その眼差しは強く前を見据えていた。

「行きましょう」

「でも、ジェイドにまださよならを……」

「こんなときまで彼は意地悪ね。本当にアシュリーを泣かせるのが誰よりも上手なんだから」

「──ッ、…っひ、……ッ」

優しく頭を撫でられ、堪《こら》えていた涙が堰を切って溢れだす。

ジェイドは走り去ったまま、戻ってくる気配さえない。

最後の挨拶もさせてくれないなんて、今までで一番の意地悪だった。

アシュリーはボロボロに泣いてしまって、その後はどうやって迎えの馬車に乗りこんだのか覚えていない。

けれど、開けた扉から顔を覗かせた伯父に『いつもジェイドと仲良くしてくれてありがとう』と涙を拭われて、余計に涙が止まらなくなった。

「大丈夫、私が傍にいるわ。アシュリー、あなたを誰よりも愛してる」

頭を撫でる母の手が温かい。

父の死からまだ半年もたっていないのに、母は他の男のものになるために敵国へ行く。

その心中を推《お》し量《はか》るにはアシュリーはまだ子供すぎた。

それでも、受け入れなければならなかった。

母の決意はアルバラードの人々を守るために必要だったということ。

もうこの地を、自分の足で踏みしめる日は来ないということ。

そして、二度とジェイドに会えないということ……。

動きだす馬車。愛しい祖国が涙で滲んでいく。

十歳だったアシュリーの、それが心に残ったかさぶただった――。

第一章

丘に建てられた白亜《はくあ》の城。

窓を開けて左右に目を凝《こ》らせば、美しい湖畔《こはん》とのどかな町並みが点在しているのが、この城の向こうに微かに見える。風を感じて空を見上げると、澄み渡った青だけがどこまでも続いていた。

「今日もまた同じ夢……」

広大な空を眺めながらアシュリーは溜息《ためいき》をつく。

あれからもう七年もたつのに、いまだにあの頃の夢を見てしまう。

「んん、寒いっ！」

風が肌を刺すようだ。

温かい布団から抜けだしたばかりの身体には少し堪《こた》え、アシュリーはぶるっと身震いをして窓を閉めた。

　ふと見下ろすと、長い廊下の向こうから二人の男女がやってくる。

　配膳《はいぜん》用のワゴンを押すその姿は毎朝の光景だった。

「大変、いつもより寝過ごしてしまったんだわ！」

　アシュリーは慌ててベッドを下り、枕元に置いた櫛でササッと髪を梳かしてからショールを肩に掛ける。

　一瞬だけその櫛に目を留め、夢の最後を思いだす。

　それはアルバラードから持ってきた物で、今の唯一の私物だ。

　しかし、感傷に浸《ひた》りかけたのも束《つか》の間、アシュリーはすぐに気持ちを切り替える。小走りで部屋を出ると階段を駆け下り、笑顔を作って自ら扉を開けた。

「おはよう。今日もありがとう」

「あ、ええ、……おはようございます」

　アシュリーが挨拶をすると、二人はぎこちなく返事をする。

　ワゴンを中まで運び、彼らはそこから美しく盛りつけられた食事の皿をテーブルに並べ、それが終わると持ってきた女物の服を衣裳《いしょう》掛けにかけた。

「お食事が済んだ皿は後ほど片付けに参ります。それから、本日のお召し物もいつものように用意しましたのでこちらは片付けさせていただきます」

言いながら、女のほうは脱いで畳《たた》んでおいたアシュリーの服を籠《かご》に入れている。

それが終わると二人ともすぐに扉のほうへ向かい、ここから出ていこうとしたので、その背中に向かってアシュリーはすかさず声をかけた。

「あ、あの！」

「はい？」

「雨…、そう、昨晩の雨、すごかったわね。雷まで鳴って……。この城、丘の上に建っているから余計に響くのかも」

「あぁ、そういえば雷が落ちたようですよ。南門の近くの倉庫が一部崩れたそうで、軽いボヤもあったとか。すぐに消火されたようですけど」

「まぁ、そうだったの。全然気がつかなかったわ」

「この北の塔からは反対の場所ですから」

「おい、行くぞ。無駄話はするなと言われているだろう!?」

「え、ええ、そうだったわ。では……」

会話が続きそうだったが、男の叱責《しっせき》で女は口を噤《つぐ》んでしまう。

二人とも無言になり、扉の前で会釈《えしゃく》をするとあっという間に出ていってしまった。

アシュリーはぽつんと一人で残され、しばしその場で立ち尽くしていたが、やがて小さく息をついて用意された服に袖を通していく。着替えが終わるとテーブルに戻って席に着き、一人分の食事を前に手を合わせた。

「いただきます」

静まり返った部屋は、小さな声でもよく響く。

一口、二口と口に運んだが何とも味気《あじけ》なく、なかなか喉《のど》を通っていかない。何度か咀嚼《そしゃく》してから強引に飲みこみ、手を休めてはまた食べはじめる。

けれど、これもいつものことだ。

美味しく調理されていると思うのに、何を食べても美味しく感じない。ローランドに来てから、アシュリーにとって食事とは味わうものではなくなってしまった。

――ここは通称『北の塔』と呼ばれる場所だ。

王族の住まう宮から続く長い渡り廊下の先にぽつんと建っていて、五年ほど前にここへ追いやられてから、アシュリーは今日までたった一人で過ごしてきた。

北の塔にはほとんど人が近づかない。

先ほどのように服と食事を運びに来る以外は、週に二度ほど掃除で人がやってくるのみ。週ごとに人を代えているようで、同じ顔を見かけることはほとんどなく、名前を聞いても誰も教えてはくれない。それどころか、話しかけなければ誰もアシュリーと口をきこうとしなかった。

それでも、少しでも引き止めたくて話しかけてみるが、すぐに会話が断ち切られてしまう。この国に蔓延《まんえん》するアルバラードの人間に対する悪感情が、いつまでも高い壁となって立ちはだかっているからだった。

しかし、その一方で、母フェリスは長い廊下の向こうの白亜の城にいる。

北の塔に追いやられてからは一度も会っていない。

会いたいと伝えても会ってはくれない。

ここへ追いやった張本人がフェリスその人だったからだ。

「私…、どうしてこの国にいるの」

親子で離れては寂しいだろうと、そんなことをブルーノが言ったから連れてこられたと記憶しているが、この五年、アシュリーは一人ぼっちだ。

長年いがみ合い、ローランドの人々がアルバラードの人間を嫌悪するのは仕方ないとは思っている。

だから母を困らせないよう彼らに馴染《なじ》むための努力を重ねたし、無事に過ごすためならと気持ちを内に閉じこめ、己を殺す術《すべ》も身につけた。

けれども、ここの人々の心は頑《かたく》なで、アシュリーやフェリスを敵国の人間としてしか見てくれなかった。

そんな生活が続くうちに、母の心はどんどん擦り切れてしまったのかもしれない。

その変化は今から五年前、母と義父ブルーノとの間に男の子供が生まれたことで浮き彫《ぼ》りとなった。

フェリスに対する周囲の警戒が、あからさまに解《と》かれていったことも大きな要因だったのだろう。連れ子であるアシュリーは相変わらず敵国の人間としか見てもらえずにいたが、気づいたときにはフェリスも彼らと同調するように、アシュリーを冷ややかな目で見るようになっていたのだ。

だが、目を合わせることさえ嫌がられる日々もそう長くは続かなかった。間もなくフェリスはブルーノに頼んで、アシュリーをこの塔に追いやり孤立《こりつ》させたのだから——。

「お天気がいいし、外に出ていよう」

ようやく食事を終え、アシュリーは立ちあがる。

塔の中が薄暗いから余計に気分が沈むのだ。気分転換をしようと大きく伸びをして、そのまま塔の外へと出ていった。

「うう、寒いっ」

冷たい風が肌を撫で、身を縮こまらせながらもアシュリーは適当な場所に腰を下ろす。

寒くても中へ戻るのは嫌だ。

ローランドに来てから七年、この城を出たことはないし、この国がどんなところなのかもよくわからない。北の塔へ追いやられてからの五年は城へ続く渡り廊下を使うことさえ禁じられ、塔から十歩ほどの場所に立つ大木までしか歩き回ることが許されていない。だから、せいぜい晴れた日に塔の周辺でひなたぼっこをするくらいしか楽しみがなかった。

「あっ！」

ところが、アシュリーは不意に声を上げ、勢いよく立ちあがる。

何気なく見上げた城の上階に母がいることに気づいたのだ。

ここでひなたぼっこをしていると、時折ああやって廊下を通りすぎる母を目にすることがあるが、凛とした美しい横顔は昔と少しも変わりがない。

アシュリーは瞬きもせずその姿を目で追いかける。

母のほうはその視線に気づきもしない。

しかし、いつものことだと諦《あきら》めかけていたそのとき、側付きの侍女の一人がその存在に気づいたようだった。

侍女は母に近づき、窓の外に視線を向けながら耳打ちをしている。

すると、母は立ちどまって窓の外に目を向け、北の塔のすぐ傍に立つアシュリーに目を落とした。

「お母様…っ」

久しぶりに母と目が合ったアシュリーは、無意識に心が浮き足立ってしまう。

何か反応を見せてくれるのではと、そんな淡い期待を胸に笑顔を浮かべようとした。

「あ…」

だが母は何一つ表情を変えることなく、すっと前を向く。
娘の存在など忘れてしまったかのような横顔だ。
何事もない様子でそのまま廊下を通りすぎ、やがて姿が見えなくなってしまった。
アシュリーは立ち尽くして項垂《うなだ》れる。
——これも、いつものこと。全部、いつもどおり……。
何度同じことを繰り返せばわかるのだろう。
北の塔に追いやられてから、目が合って反応が返ってきたことなど一度もない。
わかっている。今日まで嫌というほど無視されてきた。
母は変わってしまった。
もう笑顔を見せてくれない。
抱きしめてもくれない。
アシュリーを一人残して、ローランドの地にすっかり根を下ろしてしまった。
それでも、目が合うとまだ期待をする。無視をされると心が傷つく。
痛みはいつまでたってもアシュリーの心を抉り続けた。
「帰りたい……」
青空のもと、アシュリーの呟きが虚《むな》しく響く。
郷愁《きょうしゅう》は募《つの》るばかりだ。窮屈《きゅうくつ》で寂しく、こんなふうに孤独な生活を送っているから、アルバラードでの幸せな思い出に縋ってしまう。

「──アシュリー、またそんなところでひなたぼっこかい？」

そんなところへ、ふと明るい声に話しかけられた。

ハッと我に返って顔を上げ、声がしたほうに目を凝らす。焦《こ》げ茶色の髪をした青年が北の塔へ続く渡り廊下に立ち、屈託のない笑みを向けていた。

アシュリーは大きく息を吸って鬱屈《うっくつ》した感情を内に閉じこめると、その青年に向けて笑顔を浮かべ、小さく手を振った。

「エリック！」

「ちょっと待っていて。今、そっちへ行くからね」

彼はそう言って素早く廊下を渡りきり、アシュリーのほうへとやってくる。

そうして傍まで来てぶるっと身体を震わせると、苦笑しながら顔を覗きこんできた。

「今日、寒くない？　外にいると風邪《かぜ》をひいてしまうよ」

「ちょっと寒いけど、これくらい平気よ。私、すごく丈夫みたいで、もう何年も風邪をひいたことがないの」

「それはすごいね。……あ、隣に座ってもいいかな？」

「もちろん」

アシュリーが頷くとエリックはその場に腰を下ろした。

　自分も同じように座り、三日ぶりにやってきた彼の横顔を見て笑みを浮かべる。

「どうかしたの？」

「ううん、会いに来てくれてありがとう」

「そんなの当たり前だろう？　君のことを放っておけるわけがない。ほら、僕たちって似た境遇《きょうぐう》だしね。だから、ここにいる誰よりもアシュリーの気持ちがわかるんだ」

「エリック」

「だけど、ごめん。……義母上《ははうえ》への手紙、今回も受け取ってもらえなかった」

「あ…」

　エリックは懐から手紙を取りだし、アシュリーに手渡す。

　それは三日前、彼に託した母への手紙だ。

　もうこれで何通目になるだろう。会いたい気持ちを綴《つづ》っただけのものだが、受け取ってもらえないことはわかっていたし、つい先ほど、期待しても意味がないと痛感したばかりだ。

　アシュリーは一瞬顔を強張《こわば》らせたが、すぐに笑顔に戻す。

　彼は少しも悪くない。何も持っていない自分にペンや紙を用意してくれて、母のもとまで手紙を運んでくれたというのに沈んだ顔をさせてしまっては申し訳なかった。

「どうか気にしないで。こちらこそ面倒なことをお願いしてごめんなさい。本当にいつもありがとう」

「礼なんて…。君のためにできることがあるなら、僕はそれだけで嬉しいんだよ」

エリックにじっと見つめられ、アシュリーはにっこりと笑みを返した。

彼は義父ブルーノの死別した前妻との間にできた子供で、アシュリーとは血の繋がらない兄妹という間柄だ。

だからなのか、彼はアシュリーがここへ来た頃から気にかけてくれることが多く、今でも週に一度は会いに来て、こうして親切にしてくれる唯一の人でもあった。

「もしかして、僕の告白は聞き流されたのかな」

「え?」

首を傾げると、エリックは頬にかかったアシュリーの金色の髪を指先でそっと払う。

その指はなぜか首筋を掠め、そのまま髪の束をつまんで弄《もてあそ》びだしたので、僅《わず》かな戸惑いを感じながら彼を見上げた。

「あ、の…」

「君は本当に綺麗だ」

「……」

「初めて見たときから、僕はアシュリーのことが好きだったんだ」

「え…? だ、だけど私たちは」

「うん、そうだね。僕たちは兄妹だ。だけど血の繋がりはないんだから、そんなことは障害にならないんだよ。アシュリー、僕の気持ちは迷惑かな？」

エリックは弄んでいた髪を放し、代わりにアシュリーの手を摑み取る。

熱っぽい眼差しに射貫かれ、躊躇《ためら》いながらも小さく首を横に振った。

「迷惑…、では……」

迷惑ではないが、正直なところ戸惑いのほうが大きい。

アシュリーは曖昧《あいまい》に答えることしかできなかったが、それをどう解釈《かいしゃく》したのか、エリックは蕩《とろ》けるような笑みを浮かべた。

「よかった。嬉しいよ、アシュリー。僕はね、いずれ君を妻として迎えたいと思っているんだ」

「え？」

「愛しているんだ。僕は本気だよ」

摑んだアシュリーの手に、彼は唇を押しあてる。

そんなふうに触れられるのは初めてで、どうしていいかわからなかった。

――私を妻として迎える？

さすがに驚きを禁じ得ない話だ。

本当はこれまでもエリックに熱っぽい眼差しで見られることはあったし、その意味をアシュリーも考えたりはした。けれど、彼が気持ちを口に出すことはなかったから、敢《あ》えて深く考えないほうがいいと思っていたのだ。

どうして突然言う気になったのだろう。

自分たちの関係はこのまま続いていくものだと思っていたのに……。

「アシュリー、悪いことなんて一つもない。だって僕と結婚すれば、君はここから出られるんだよ？　良いことばかりだと思わない？」

「ここから出られる…？」

「そうだよ。だから、ね？　アシュリー、真剣に僕とのことを考えてほしいんだ」

握られた手に力が込められて、少し痛いくらいだ。

アシュリーは眉根《まゆね》を寄せて押し黙る。そんなふうに言われても、そう簡単な話とは思えなかった。

「お義父《とう》様は、なんとおっしゃっているの？」

「そ…、れは……」

ブルーノのことを口にした途端エリックは表情を曇《くも》らせた。

ローランドに来てからアシュリーが義父と話したことは数える程度しかないが、鋭い目で威圧的に見下ろされると萎縮《いしゅく》してしまい、まともな会話になったことは一度もない。

この城の人々も、王の弟というブルーノの地位と権力には逆らえないようで、こちらの事情など構うことなく母を我がものにしたときの傲慢《ごうまん》さは、ローランド内に於《お》いても同じだった。

結婚ともなれば、当然その義父の了承が必要となる。

しかし、実の子であるエリックでさえブルーノには遠慮した物言いしかできず、父親の前で彼がいつも萎縮していたのをアシュリーは知っている。

苦い顔をして黙りこむ様子を見ると、五年がたった今でもそれは変わらないのだろう。

そもそも、こんな場所に追いやられているアシュリーと、正当なローランドの王族の血筋であるエリックとの関係が認められるわけがない。

似た境遇と言いながらも、二人には天と地ほどの差があるのだ。ここの人間にとってアシュリーはいつまでたっても敵国の人間でしかないのだから……。

「また来るよ」

しばしの沈黙のあと、エリックはアシュリーの手を放して立ちあがる。

小さく頷くと彼は寂しげに笑って、渡り廊下の向こうへ消えていく。

沈んだ様子の背中を見送りながら、アシュリーは解放されてほっとしていることに微かな罪悪感を抱いた。

たった一人でいる自分を唯一気にかけてくれた人なのに、どうしてその気持ちだけでも素直に喜べなかったのだろう。

優しくて、少し気弱なエリック。

本当の兄だったらよかったのにと何度思ったことか。

けれど、それだけだった。

彼を――ジェイドを想っていた強い感情とはまるで違う。

この気持ちはローランドに来てから気づいたものだ。故郷を思いだすことが多くなるほど、鮮明になっていった想いだった。

泣かされても追いかけ続けたのはなぜなのか。

ボサボサの彼の髪を整えるのが楽しかったのはどうしてなのか。思い出の中の彼があんなにも鮮やかに見えるのは……。

ジェイドが特別だったのは、身近な存在だったというだけではない。

あの頃のアシュリーは、彼に恋心を抱いていたのだ――。

＋　＋　＋

エリックはその後も変わらずアシュリーに会いにやってきた。

熱っぽい眼差しで見つめられ、手を握られて甘く囁《ささや》かれたりはするが、二人の関係にはほとんど変化がない。

初めて告白されたとき以来、彼の口から『結婚したい』という話も出なかった。

ブルーノに言いだせずにいるということは想像できたので、アシュリーも話を蒸《む》し返したりはしていない。毎日が孤独で満ちていたとしても、それがこれからも続くとしても、できるだけ今の関係を違うものに変えたくなかった。

――そんな日が続いたある夜半過ぎのこと。

寝床《ねどこ》に就《つ》いてしばらくたっていたが、耳に届く騒がしい声でアシュリーの意識は眠りから引き戻されようとしていた。

「う、ん……」

こんな夜更けに何の騒ぎだろう。

夢と現実の狭間《はざま》で疑問を感じながら、アシュリーはもぞもぞと寝返りを打つ。

城のほうへ行くことは禁じられているし、ここからでは中の様子は窺《うかが》い知れないのだから、気にしたところで意味がない。

しかし、その騒がしさはやけに胸をざわめかせ、妙な不安を抱かせる。

怒声らしきものの中に、悲鳴がまじっているように聞こえるのだ。

「……悲鳴？」

そうだ、これは悲鳴だ。

ようやくまともな思考が戻り、アシュリーは勢いよく起きあがった。

一瞬ふらついたがすぐに立てなおし、ベッドの傍の窓から城の様子に目を凝らす。

今夜は新月だ。こんな真っ暗な夜は、白亜の城がうっすらと浮かんで見えるだけなのだが、目に飛びこんだ光景は普段とは明らかに違っていた。

ところどころで赤い光が揺らめくのが見え隠れして、建物の隙間から白い煙《けむり》がモクモクと上がっていたのだ。

「大変、火事だわ！」

赤い揺らめきが炎だと気づき、アシュリーはベッドから飛びおりた。

騒ぎになるのは当然だ。とはいえ、一部分ならまだしも、広範囲に炎がちらついて見えたのはなぜだろう。

なんだかすごく嫌な予感がする。

アシュリーは裸足《はだし》のまま階段を駆け下り、脇目《わきめ》も振らずに塔を出ていく。使用を禁じられている渡り廊下を走り、無我夢中で城へ向かった。

「お母様…ッ!!」

真っ先に頭に浮かんだのはフェリスのことだった。

炎はどこまで広がっているのだろう。もしも逃げられなくなっていたら大変だ。何とかして母を助けださなければという考えしかなかった。

――罰なら受ける。せめてお母様の無事を確かめたい！

「そこにいるのはアシュリーだね!?」

「…ッ!?　エリック？　そうよ、アシュリーよ。ここにいるわ！」

渡り廊下を中ほどまで通りすぎたとき、煙の向こうからエリックの声が聞こえた。

返事をすると彼はすぐに姿を現し、こちらに駆け寄ってくる。

無事を確かめに来てくれたのだと思い、アシュリーも迷わず彼のもとへ走った。

「中はどうなっているの？　どうして火が!?」

「だめだ、こっちへ来ちゃいけない。アルバラードの軍勢が奇襲を仕掛けてきたんだ！」

エリックはアシュリーの傍まで来ると、いきなりそう叫んだ。

「……え？」

「どうやら向こうの騎兵部隊に突撃されたらしい。いや、あれは歩兵もかなりまざっているな。とにかく中は今、混乱状態で……、あいつら、城に火矢を放ったんだよ。石造りだからそう燃え広がってはいないけど、消火に手間取っていて」

「騎兵部隊？」

「そうだよ。ここ一、二年、ローランドはあいつらに負けどおしじゃないか。こんなところまで迫っているなんて情報はなかったのに、よりによって一番手強い部隊に攻めこまれるだなんて……ッ」

「エリック、何の話をしているの？」

「え？　――あっ」

アシュリーの問いかけに、混乱ぎみだったエリックは『しまった』という顔をした。

彼は一体何を言っているの。

今の話し方では、何年も戦いが続いていたみたいではないか。

そんなはずがないだろう。母がアシュリーを連れてこの国へやってきたのは、こういうことを避けるためでもあったのだ。

そもそも、アルバラードがこの城に攻めこむ理由とは何だ。

ここはローランド王の弟の城で、王都に最も近い重要な拠点でもある。さらに言えば、アルバラードとの国境からはかなり離れた位置にあり、相当侵攻しなければ辿りつくことができない場所なのだ。

この城の外では何が起こっていたというの？

エリックはここ一、二年、アルバラードに負けどおしだと言っていた。

ここの人たちからアシュリーが蚊帳《かや》の外に置かれているのはいつものことだ。そんなことはわかっている。

だけど、エリックからも何一つ教えてもらえなかったことが哀しくて仕方なかった。

「と、とにかく！　今は説明している場合じゃないんだ」

「……」

「あぁ、ごめんよ。あとでちゃんと説明する。約束するよ！　だからアシュリー、僕と一緒に逃げるんだ。絶対に君を守るから、ね？」

「でも、私…っ」

「迷ってる暇はないんだ。行くよ!!」

戸惑うアシュリーをよそに、エリックは話を強引に打ちきり、手首を強く摑むと北の塔のほうへとぐいぐい引っぱっていく。

思いのほか強い力に顔をしかめ、アシュリーは煙の上がる城を振り返った。

このままエリックと逃げる……？

それは本当に正しいことなの？

「だめよっ！」

気づいたら、アシュリーは彼の腕を強く振り払っていた。

わからないことだらけだが、今すぐここを立ち去るなんてできない。

母の無事をまだ確かめていないのだ。

アシュリーにとって母はこの世でたった一人の大切な肉親だ。どんなに疎《うと》ましく思われていようが、そんなことはどうでもいい。城の中が危険だからといって、自分だけ安全な場所へ逃げられるわけがなかった。

「ごめんなさい！」

「アシュリーッ！　だめだよ、本当にだめなんだ！　行っちゃいけない!!」

エリックの声に追いかけられたが、アシュリーはそれを振り切って走りだす。

廊下を渡りきり、扉に手をかけ唇を引き結ぶ。

城の中へ入るのは五年ぶりだ。それでも構造は変わっていないだろうし、母が過ごしている場所もよほどのことがなければ昔と変わらないだろう。

けれど、意気込んで中へ足を踏み入れるや否や、迷いのなかったアシュリーの足は一気に失速してしまった。剣や槍を持った兵士たちが、至るところで激しくぶつかり合う姿を目の当たりにしたためだ。

「……な、んてこと、なの」

覚えがある甲冑《かっちゅう》、背中に刻まれた鷹《たか》の紋章《もんしょう》。

攻めこんでいるのは間違いなくアルバラードの兵士たちだ。

その一方で、この城の人々は防戦するのが精一杯で兵の数がまるで足りていない。先ほどエリックが奇襲に遭《あ》ったと言っていたが、実際そのとおりなのだろう。完全に追いこまれているのが見てとれた。

「早くお母様を捜さないと…ッ」

呆然としたのも束の間、すぐに我に返ってアシュリーは周囲を見まわす。

確かここから少し右に行ったところに王族専用の通路があったはずだ。

アシュリーは五年前の記憶を頼りに、極力目立たぬように屈みながら壁際を走る。このような無謀な行動に出られたのは、アルバラードの兵が武器も持たない者を斬《き》りつけるような野蛮《やばん》な真似はしないと、どこかで信じていたからかもしれなかった。

怒号、悲鳴、煙にまじって血の臭いが漂《ただよ》う城内。

今立ちどまっては動けなくなってしまうと思い、アシュリーはできるだけ前だけを見て走った。

——あの通路だわ…ッ！

程なく見えた目的の通路へ迷わず向かう。

ここを抜けた先に階段があったはずだ。場所が変わっていなければ、最上階の広い廊下を突きあたりまで進んだ部屋に母がいるに違いないと、アシュリーは歯を食いしばった。

「きゃあ…ッ⁉」

だが、通路に足を踏みだしてすぐ、何かに躓《つまず》いて盛大に転んでしまう。

無意識に取った受け身で顔を打ちつけることはなかったが、代わりに肩と腕を打ってしまった。見たところ擦りむいた程度の傷しかないものの、痛みが募ってすぐには立ちあがることができない。

「……う、……痛…ッ」

息を弾ませ、ヨロヨロしながらも何とか身を起こす。

どうしてあんな場所で躓いたのだろう。そう思って振り返り、アシュリーはそこでぴたりと動きを止めた。

「え？」

そこには大柄な男が仰向けに倒れていた。

瞼《まぶた》は固く閉ざされ、その胸元に滲んだどす黒い赤が床に敷かれた絨毯《じゅうたん》にも染みついている。胸が上下する様子はなく、もしかしたら既に事切《ことき》れたあとなのかもしれなかった。

「お、義父…様？」

喧騒《けんそう》の中で、自分の声がやけに大きく聞こえた。

この男とは話すことも顔を合わせることも滅多《めった》になかった。北の塔に追いやられてからは、廊下を通りすぎる姿を時折見かけたくらいだ。

それでも、母を奪った男の顔を忘れるわけがない。

よくよく見ると、辺りにはローランドの兵士の屍《しかばね》が転がっていた。彼らはブルーノを守ろうとして絶命したのだろうか。壮絶な戦闘が行われたあとのようだった。

呆然としながら薄暗い通路の向こうに目を向け、アシュリーはそこでびくっと肩を震わせた。

「ひ…っ!?」

屍の中で、ゆらりと影が動いたのだ。

——アルバラードの兵士?

甲冑の背に刻まれた紋章でそうとわかった。

男は片膝《かたひざ》をつき、肩で息をしている。その腕に握られた長剣は血に塗《まみ》れ、ぼたぼたと滴《したた》り落ちる赤が絨毯を濡らしていた。

他にアルバラードの兵の姿は見当たらない。

まさか、ここで倒れているすべてを彼が一人で倒したというのだろうか。

ふと、何かが動いた気がして、男の視線の先に目をやる。その瞬間、アシュリーは全身から血の気が引いていくのを感じた。

「お母様ッ!!」

悲鳴に近い声を上げ、よろめきながら立ちあがる。

薄暗くて存在に気づけなかった。男の傍には背中を血で染めあげ、今にも息絶《いきた》えそうなフェリスがいたのだ。

そういうことかと、アシュリーはようやく状況を理解する。

混乱のさなか、顔を知らなかったこのアルバラードの兵士が、間違って母まで斬ってしまったのだ。

「ア、シュ…、……ッ」

アシュリーの声に反応して、フェリスが僅かに顔を上げる。母は震える手を伸ばし、『アシュリー』と唇を動かしていた。他にも何かを言おうとしているのか、懸命《けんめい》に口を動かしているものの聞きとることができない。

「な、に…、お母様、なに？」

何を言おうとしているの。

ドクドクと拍動《はくどう》する自分の心臓の音を聞きながら、アシュリーは母に近づこうとした。

ところが、足を踏みだす直前に、フェリスは唇の動きを止めてしまった。

同時に、伸ばした腕も上げた顔も、力なく床に落ちていく。

うつ伏せで横たわった恰好《かっこう》となり、視線だけがアシュリーに向けられていた。

薄暗い中、どうしてこんなにも母の姿だけ鮮明なのだろう。瞬きをする動作も、母の目から溢れた涙が零れて絨毯に染みこんでいく様子も、やけにゆっくりに見える。

唇は微かに震えていたが、動きそうにない。

やがて静かに息をつくと眠るように瞼が閉じられ、それきり母はぴくりとも動かなくなった。

「――え？」

方々に転がる屍、動かなくなった母の姿。

目の当たりにしたすべての光景に、アシュリーは首を傾げた。

何もかも現実味がなく、これは夢だと言われたほうがよほど納得できる。

だが、これまでも現実は突然襲いかかってきたし、アシュリーは身をもってそれを知っていた。

ふと気づくと、アルバラードの甲冑を身につけた男がこちらを見ていた。

通路は薄暗く、どんな顔立ちをしているかはわからない。

男は立ちあがり、悠然とした足取りで近づいてくる。動くたびに甲冑が擦れ合う音が響き、胸元に浴びた返り血が筋を作って禍々しい雰囲気を醸しだしていた。

なんて大きな男だろう。大柄だと思っていたブルーノよりもさらに背が高いように思えた。

そんなことを考えていると、男は突如剣を構える。

もしかして、今度は私を斬ろうとしているの……？

どうしてアルバラードの兵士に斬られるのだろう。答えは出なかったが、剣を向けられるというのはそういうことだ。

男は床を蹴《け》って動きを加速させ、アシュリー目がけてその剣を振り下ろす。

凄まじい殺気を放ちながらのその動きはあまりにも俊敏《しゅんびん》で、目で追いかけるのが精一杯だ。

とても逃げられない。

本当にここで死ぬのかと漠然《ばくぜん》とした死を感じとった。

「ぎゃあぁあ――……ッ!!」

ところが、男はそんなアシュリーの横を通りすぎ、絶叫が背後から響く。

それは既に事切れたと思っていたローランドの兵士のものだった。

そのローランドの兵士は棒立ちのアシュリーの後ろで幽鬼《ゆうき》の如《ごと》く立ちあがり、ふらつきながら剣を構えたところで、一撃のもとに斬り倒されたのだ。

しかし、男の剣の餌食《えじき》にされたのが自分ではなかったと安堵《あんど》した矢先、思わぬ災難がアシュリーに降りかかる。呻《うめ》き声を上げながらぐらつく兵士の身体が、アシュリーに倒れこんできたからだった。

「ッ!?」

あまりに突然のことで避けられない。

足をよろめかせ、後ろから重くのしかかるその体重を受けとめきれなかったアシュリーも一緒に倒れこんでしまった。

「う…んッ」

重い、苦しい、身動きが取れない。

兵士の身体はびくともせず、押し潰されてしまいそうだ。

だが、もがくこともできずにいたアシュリーの上から唐突に兵士の身体が消え去った。大柄な男が兵士の腕を摑み、難なくその身体を放り投げたのだ。

「あ…、ぅ…」

剣を向けられた恐怖を思いだし、アシュリーは歯をガチガチと震わせ男を見上げた。

先ほどの一刀でまた返り血を浴びたのだろうか。

甲冑はさらに朱色に染まって、兜《かぶと》にまで飛沫《しぶき》が散っていた。

「俺が怖いか？」

いきなり低い声で話しかけられ、ぎゅっと目を閉じて肩をびくつかせる。

けれど、いつまでたってもその剣が振り下ろされなかったので、アシュリーはおそるおそる目を開けた。怯《おび》えながら男を見上げると、兜から覗く青灰色の瞳と目が合い、思わず息を呑んだ。

「――ッ!?」

次の瞬間、男は無言のまま己の兜に手を当て、それを取り去った。

艶《つや》やかな銀髪が胸元へ流れ、青灰色の瞳が改めてアシュリーを見下ろす。

心臓がどくんと大きく跳《は》ねあがった。その中にある面影《おもかげ》が、アルバラードでの懐かしい日々を否が応でも思いださせたからだ。

「ジェイド様！」

そのとき、通路の向こうから声がかかった。

男の眉がぴくりと動き、後ろを振り向く。

いつからいたのか、こちらに近づく二つの人影があった。

一人はアルバラードの甲冑を着けた兵士。もう一人は貴族服を着た小さな子供で、蒼白《そうはく》な顔をして震えているようだ。

「その子供はなんだ？」

「ブルーノの息子で、クリスというそうです。この先の通路脇で蹲《うずくま》っていたので声をかけたらそう答えました。一部始終を見ていたのかもしれません」

「……なるほど」

ほとんど表情を変えずに銀髪の男は頷く。

再びアシュリーに向き直り、大きな手で腕を摑んでそのまま引っぱり上げると、強引に立たされた。

「彼女は……」

「話はあとだ。アベル、俺は少しこの場を離れる。その子供には聞きたいことがあるから目を離すなよ」

「それは構いませんが、この場はどう収めるつもりですか？」

「主を失い、この城は落ちたも同然だ。吹聴《ふいちょう》して回れば戦意喪失して大人しくなるんじゃないのか？」

「わかりました」

それだけ言葉を交わすと、銀髪の男は通路の奥へ向かおうとした。

それにアシュリーはついていけない。引っぱられても、足が固まって動かなくなっていた。

「仕方ない」

小さく息をつき、銀髪の男は持っていた長剣をびゅっと振り下ろして血を吹きとばし、腰にかけた鞘にその剣を納めた。

アシュリーは抱き上げられ、間近に迫った男の顔にごくりと唾《つば》を飲みこむ。

頭に浮かぶのは少年だった彼の姿だ。

先ほどアベルと呼ばれたあの男もそう呼んでいた。

けれど、確かめてしまったら、大切に守ってきた思い出が粉々にされてしまう。

「……ジェイド、なの…？」

それでも、確かめずにはいられなくて、どうか否定してと強く願いながらアシュリーはその名を口にした。

「そうだ」

「……ッ、……なにを、しに？」

「さぁ？　おまえを奪いにきただけかもな」

なおも問いかけると、ジェイドは鋭利《えいり》な眼差しを向けて唇を歪ませた。

彼の言っていることがうまく呑みこめない。

本気とも冗談とも取れる言い方で、何が真実なのかがわからなかった。

「あなたが…、お母様を……、殺した、の……？」

アシュリーは唇を震わせ、声を絞りだす。

もしそうだと言うなら、母を知らないアルバラードの兵が誤《あやま》って斬ってしまったわけではなかったことになる。

彼がジェイドなら、母を知らないわけがないのだ。

しかし、ジェイドは何も答えない。

喉の奥で小さく笑っただけだった——。

第二章

その後、アシュリーは城の一室に軟禁《なんきん》されていた。

ジェイドの姿はとうにない。アベルという男のもとへ戻ったのかもしれなかった。アシュリーをこの部屋へ連れてくると、彼はほとんど会話もなくいなくなってしまったのだ。

部屋の外ではアルバラードの兵が見張っているので、ここからは出られない。

この部屋に連れてこられて既に一時間はたつ。じっとしているしかないのだろうが、この状況で落ちついてなどいられず、ジェイドがいつまた戻ってくるかと思うと気が気でなかった。

——コン、コン。

部屋の中ほどでウロウロしていると、扉を叩く音がした。

ジェイドが戻ってきたのかとびくついたが、返事を待たずに入ってきたのはアベルと呼ばれた男と、先ほど彼が連れていた少年だった。

「あの、なにか……」

「彼を預《あず》けてもいいですか？　今夜は我々といるより、フェリス様と面差《おもざ》しが似ているあなたといたほうがいいでしょうから」

「面差し…？　あなたは、お母様を知っているの？」

「知っているというほどでは。子供の頃、王宮で何度かお見かけしただけです。そのときはまだご結婚される前でしたので」

王宮で母を見かけたということは、彼は貴族なのだろう。

話を聞く限り、三十歳前後といったところだろうか。

表情があまりないので考えが読めない。それでも、自分たちと一緒にいるよりはと、この少年を連れてきたのだから、人の気持ちを推し量る最低限の優しさはあるのだろう。

複雑な気分になりながらアシュリーは少年に目を移す。

薄茶色の柔らかそうな髪、大きな青い瞳。

とても可愛い顔立ちで、聡明《そうめい》そうな鼻筋がどことなく母に似ていた。

彼はブルーノとフェリスの子で、アシュリーとは異父姉弟になる。

先ほど通路にいたときにクリスと名乗ったと聞いたが、言われてみればそれが義弟の名だったかもしれない。クリスが生まれてすぐに北の塔へ追いやられてしまったから、会うのはこれが初めてだった。

「では、私はこれで失礼いたします」

「あっ、待って」

黙りこんでいるとアベルが部屋を出ようとしたので、アシュリーは慌てて呼びとめる。

彼は無表情で振り向き、褐色《かっしょく》の鋭い眼差しでアシュリーを見下ろした。

「なにか？」

他意はないのかもしれないが、淡々とした様子が少し怖かった。

けれど怯《ひる》んでいてはいけない。今のアシュリーにはこの状況を少しでも理解する必要があった。

「あの…、あなたはジェイドの……」

「ああ、これは失礼しました。名乗るのが遅れましたが、ジェイド様の参謀《さんぼう》を任されているアベルと申します」

「参謀？」

「はい。以前は国境付近を警護する野戦軍の司令を務めていましたが、今は私を含めたほぼすべての者がジェイド様の配下に収まっています」

その言葉でアシュリーは少しだけ彼らの関係を理解する。

ジェイドは幼い頃から国境付近を守る兵士たちと交流を持っていた。どれだけの人数を引き連れているかは知らないが、ある程度気心の知れた人たちを身近に置きたいと思うのはわかる気がしたのだ。

「では、この城に攻めこんだのは、ジェイドの指示で？」

「当然でしょう。奇襲を助言したのは私ですが、是非《ぜひ》を判断して命令を下すのはジェイド様以外におりません。この二年間、あの方はアルバラードの将軍として常に最前線に身を置いてきました。各地で勝利を収めてきたジェイド様に逆らう者などいるわけもありません」

「将軍…？」

アシュリーは少ない知識を総動員して考えを巡《めぐ》らせる。

それは軍の中で王の次に力を与えられた地位ではなかっただろうか。

ジェイドがそれを務め、しかも、各地で勝利を収めてきた……？

確かにそのような話はエリックがしていたが、これだけではとても話についていけない。

けれど、今一番知りたいのはそういった話より、もっと単純なことで……。

「では、これで失礼します」

「ま、待って！」

そこでアベルが再び背を向けようとしたので、アシュリーは彼を引き止めるため、咄嗟《とっさ》にその腕をぐっと摑んだ。

「お母様が！　こ、殺され…、なければならなかったのは、どうして……？」

言葉を詰まらせながら問いかけたのは当然の疑問だった。

それなのにアベルはこれといった反応も見せず、訝《いぶか》しげに眉を寄せると大きな溜息をついた。

「……どうもあなたの立ち位置がわからない。その質問、わざとでないなら、あなたは少し無知が過ぎるのでは？」

冷たく言い放つと、アベルは摑まれた手を振り払って今度こそ行ってしまう。

残されたアシュリーはしばらく棒立ちのまま動けなかった。

聞いてはいけないことだったのだろうか。

母が殺された理由も、アルバラードが攻めこんできた理由もアシュリーにはわからない。

だって、こういう諍《いさか》いを起こさないために、母は政略結婚をさせられたのだ。

たとえ争いが起こったとしても、アルバラードにとって母は生かされるべき人間ではなかったのか？

アベルは怒っているように見えた。

だとしても、あんなふうに突き放さなくてもいいだろう。

立ち位置とは何のこと？　もしかしてローランドとアルバラード、どちら側の人間なのかと問われたのだろうか？

「……そんなのわからない」

アシュリーは、すべてのことに関してずっと置いてきぼりだった。

会話をしてくれる人がほとんどいない中、唯一会いにきてくれたエリックでさえ何も教えてくれなかったのだ。この数年で外の世界がどう変わったのか、アルバラードと戦争になっていることも、母がどう過ごしてきたのかすら知りようがない。大好きだったアルバラードでの思い出しか縋るものがなかったのに、たった一夜で粉々に打ち砕《くだ》かれてしまって、今の自分がどちら側の人間なのか、教えてほしいのはアシュリーのほうだった。

「ねぇ、泣いているの？」

「え？」

不意に声をかけられて、ここにいるのが自分だけではなかったことを思いだす。

視線を落とすとクリスが心配そうにこちらを見上げていた。

「ううん、泣いてないわ」

アシュリーは小さく首を横に振り、しゃがみこんでクリスと目線を同じにした。

彼のほうこそ目に涙をいっぱいに溜めている。ずっと泣くのを我慢していたのかもしれない。

それなのに人の心配をして、とても心根の優しい子なのだと思った。

「初めまして、クリス」

「初めまして…」

「私はアシュリーっていうのよ」

「アシュリー？」

「そう、いきなりでびっくりするかもしれないけれど、私たちね、半分だけ血が繋がった姉弟なの。お母様が同じなのよ」

「え…っ」

クリスは目を丸くしているが、拒絶した様子はない。

まだ幼いから意味がわからないのだろうか。

そう思っていると、クリスはアシュリーの頬に手を伸ばし、大粒の涙をぽろんと零した。

「だからアシュリーは、母上に似ているの？」

「私、お母様に似ている？」

「うん」

「クリスが言うならそうなのかもね」

微かに笑むと、クリスは顔をくしゃくしゃに歪ませる。

彼の涙を拭いながら、きっと今のクリスの気持ちがわかるのは自分だけだろうと思い、アシュリーはその小さな身体をできるだけ優しく抱きしめた。

「クリスは、お母様が大好きだった？」

「うん…っ」

「私も…、私も大好きだった」

思いだすのは懐かしい日々の中で微笑む母の姿ばかりだけど、誰より愛していると言って抱きしめてもらったときを確かに覚えている。

あの言葉が嘘だとは思わない。

それだって、あの頃の母の真実だったのだと思う。

心に変化が生まれたとしても、疎ましく思われて北の塔へ追いやられたのだとしても、それでもアシュリーは母が好きだった。

「うああん、あああぁあん」

胸の中でクリスが堰を切ったように泣き叫ぶ。

こんなときなのに、少しだけ彼が羨《うらや》ましいと思った。

哀しいのに、苦しいのに、アシュリーは涙が出てこない。

ずっとずっと我慢していたからだろうか。心が涸《か》れてしまったのだろうか。

だからそんなふうに泣くこともできなくなってしまったのだろうか。

「クリス、今日は私と一緒に寝る？」

「ひ…っ、う、うん…ッ」

アシュリーはクリスをベッドに促《うなが》し、自分もその隣で横になる。

よほど不安なのか、彼は顔を涙でいっぱいにしながらアシュリーの服を摑んで離そうとしない。それでも、しばらくたつと泣き疲れて寝息を立てはじめたが、摑んだ手はそのまだった。

小さな手を握りしめ、アシュリーも目を閉じる。

頭がズキズキと痛んでいた。一夜にして世の中がひっくり返ってしまったようで、胸の奥のざわつきが収まらない。

通路に転がる無数の屍、母の死。

返り血を浴びながらローランドの兵を倒すジェイドの姿。

彼が恐ろしかった。自分も殺されるのだと思った。

こんな再会をするだなんて想像もしなかった。

離れていた七年で何がジェイドを変えてしまったのだろう。

昔の彼は、誰かを傷つけることに抵抗を持っていた。傷ついて帰ってくる兵のことで心を痛め、他の道はないのかと思い悩む様子さえ見せていたのに……。

「どうして人は変わってしまうの？」

小さな問いかけが、部屋に響いて消えた。

今夜、ジェイドはここへ戻ってくるのだろうか。

戻ってきたらどうしよう。いずれ自分も殺されるのかもしれないと怯えを感じたが、心の消耗《しょうもう》が大きすぎて、いつの間にかアシュリーもクリスの隣で眠ってしまっていた。

＋　＋　＋

いつ夜が明けたのか、差しこむ陽差しが暖かい。

その光を肌で感じ、徐々に浅い眠りに切りかわっていく中で、アシュリーは妙な違和感を覚えていた。

「ふ、う……」

この大きな壁はなんだろう？

目の前がやけに巨大な壁で塞《ふさ》がれていた。

昨日もこんなものがあっただろうかと考えてみるが思いだせない。

しかし、この壁のせいで寝返りが打てないのが不満で、アシュリーは両手でそれを押してみる。

動きそうで動かない。

もどかしくなって、さらにぐいぐいと押してやった。

「うう…」

するとと、煩《わずら》わしげに呻く声が頭上から聞こえ、アシュリーはそこでハッと目覚めた。

「——え？」

目の前に広がる逞《たくま》しい胸筋。手のひらに伝わる心臓の鼓動《こどう》。

規則的なリズムで額に息がかかり、まさかと思いながらおそるおそる顔を上げる。

乱れた銀色の髪、そこから覗くスッと通った鼻筋。滑らかな肌が陽の光に色づく様子に一瞬で目を奪われたが、不機嫌そうに眉間に皺《しわ》が寄っているのを見てアシュリーはすぐさま我に返った。

「きゃあーッ!?」

壁の正体はジェイドだった。

それに気づくや否や、アシュリーは悲鳴を上げて飛び起きる。

しかし、慌てふためきながらもアシュリーの背後にいたクリスがスヤスヤと眠っているのが視界に映り、咄嗟に腕を伸ばしてその身体を抱えこんでから身を硬くした。

「ああ、うるっせぇ…。静かに騒げよ」

ごろっと仰向けになり、ジェイドは溜息まじりに呟く。

悲鳴を上げたせいで起きてしまった。彼はむくりと起きあがると大きなあくびをして、眠たそうに瞬きを繰り返してからアシュリーに目を向けた。

「俺はなぁ、さっき寝たんだ……」

ぼりぼりと頭を掻き、気の緩んだ顔は昨夜とはまるで違う。

さっきとはいつだろう。部屋に入ってきたことさえ気づかなかった。

心の中で激しく動揺していると、ジェイドはきょろきょろと何かを探しはじめる。

枕や毛布を捲《まく》り、ベッドの下まで覗きこんで、「あったあった」と言いながら何かを手に掴み、それをアシュリーに放り投げた。

「な、なに…っ」

「着替えろ」

「え…」

見れば投げ渡されたのは女物の服だった。

わざわざ着替えを用意してくれたのだろうか。

戸惑いながらその服に触れ、窺うように見るとジェイドはコクリと頷く。

「寝間着《ねまき》のままでいいっていうなら、俺はそれでも構わないが」

言いながら、ジェイドはアシュリーの胸元をジロジロ見ている。

その不躾な視線で、ようやく自分が薄い寝間着でずっと過ごしていたことを思いだし、あらわになっていた胸の谷間を慌てて隠した。

「……き、着替えるわ」

「ああそう」

気のない返事をしつつも、ジェイドの目はアシュリーの谷間を追いかけている。

用意された服に着替えようと思っても、彼は顔を背けてくれない。

——ずっと見ているつもりなの？

さすがにそれは遠慮してほしいと、抱きかかえていたクリスを起こし、ジェイドのほうに向けて座らせる。そうして自分はクリスの後ろで背中を向け、少しでも彼の視界に入らないように身を屈めた。

そこでふと、寝間着の腕の辺りに血が付着していることに気がつく。

昨夜、ジェイドに抱きかかえられたときに付いたのかもしれないと唇を噛みしめ、気持ちを静めるために大きく息を吸いこむ。

——取り乱してはだめ。今はクリスもいるわ。

強く言い聞かせ、徐々に気持ちが落ちついてきたので用意された服を手に取った。

簡単な構造のエンパイアドレスなので、上から被るだけで面倒な手間があまりない。不自然な恰好をしながらだったが、どうにか一人で着替えを済ませることができた。

「適当なのを持ってきただけだが、露出度《ろしゅつ》はそんなに変わらなかったな」

「え？」

一息ついた途端、やけに近くから話しかけられたことにアシュリーはぎょっとする。

まさかと思って顔を上げると、いつの間にかジェイドがすぐ隣に立っていた。

「……ッ！」

一体いつから見られていたのだ。

しかも、アシュリーが着替えていた間に自分もちゃっかり服を着たらしい。

そのうえ、悪びれた様子もなくジロジロと人の胸元を見ているので、疑問に思って自分の胸に視線を落とし、びっくりして目を丸くした。先ほどの寝間着とほとんど露出が変わらないくらいに胸が大きく開いて、谷間が強調されてしまう服だったのだ。

絶対わざとだと思い、彼をじろっと睨む。

けれど、ジェイドは僅かに目を細めただけで身を翻し、そのまま部屋から出ていこうとした。

「行くぞ」

「え？　どこへ…」

「いいからついてこい。クリス、おまえもだ」

そう言って振り向いた眼差しは鋭さを取り戻していて、逆らうのは許さないとでも言われているようだ。

アシュリーは身体をびくつかせ、慌ててクリスの手を摑むとそのあとをついていく。

どこへ連れていくつもりかは知らないが、下手なことをして彼を怒らせるより、今はなるべく素直に従ったほうがよさそうだった。

＋　＋　＋

城内はかなり静かだ。

アシュリーはジェイドのあとを追いかけながら、城の中の様子をさり気なく窺っていた。

歩き回っているのはアルバラードの兵士ばかりで、一夜にして制圧されてしまったのが見てとれる。

彼らはジェイドを目にした途端、皆足を止めて敬礼していた。

その中を悠然と進んでいくジェイドの背中は堂々としたもので、ここがどこだかわからなくなりそうだった。

「あ、あの…っ、この城にいた人たちは？　まさかすべて殺されて……？」

アシュリーは我慢できずに前を歩くジェイドに問いかける。

「いずれわかる」

けれど、彼は振り向きもせずそう答えるだけだった。

じわりと手に汗が滲み、喉がカラカラに渇いていく。異変に気づいたクリスがアシュリーをじっと見上げていたが、強張った笑みを浮かべるのが精一杯だった。

それから少し行ったところでジェイドは立ちどまり、数ある部屋の扉の一つを開けて中へと入っていく。

「おい、クリスを預かってくれ」

この部屋に誰かがいるらしい。

入っていいのかわからなかったのでアシュリーたちは廊下にいたが、ジェイドはずかずかと中に入って、その誰かに話しかけていた。

「ノックくらいしてもいいのでは？」

「堅苦しいことを言うなよ」

程なくして呆れた様子の声音が返ってきて、相手がアベルだとわかった。

その後、いくつかのたわいない会話が続いたが、すぐに聞きとれなくなる。声をひそめてぼそぼそ話している様子だけは伝わってくるので、聞かせたくない話なのだろう。

だが、この部屋に入っていくときのジェイドの第一声で、ここに来た目的は理解していた。どうやらクリスとはここから別行動をさせられるようだ。

「クリス、こっちだ」

ややあって、姿を見せたジェイドがクリスを呼んだ。

隣に立つむっつりした顔のアベルを見て、クリスは若干戸惑っていた。

それでも手招きされると素直に頷き、アシュリーから離れて一人でトコトコとジェイドのもとへ行ってしまう。

そのままアベルに引き渡されたクリスに怯えた様子は見られない。昨夜もアベルに連れられていたからだろうか。まだ幼すぎて、相手がどこの誰なのか理解できていないのかもしれなかった。

「安心しろ。クリスに危害を加えるつもりはない。俺たちはこっちだ」

「あ…っ」

いつの間にか傍に戻っていたジェイドが、アシュリーの背中を押して先に進むように促す。

アシュリーは部屋の奥に消えていく小さな背中を目で追いかけていたが、クリスに対して酷い扱いをするわけではないならと自分を納得させ、言われるままに歩きだした。

その後、ジェイドの誘導で連れていかれたのは地下牢だった。

足を踏み入れるどころか存在も知らなかった場所で、わざわざこんなところへ何をしに来たのか想像もつかない。

薄暗く狭い石の階段を下り、辿りついた先に長い通路が見えてくる。

ところどころに灯った松明《たいまつ》の火がなければ、その通路の存在さえ気がつけないだろう。

——もしかして、私をここに閉じこめる気なの？

何のためにと考えてもわからない。

それでも、地下牢に連れてこられた理由など他には思いつかなかった。

アシュリーは顔を強張らせながらジェイドのあとをついていく。心の中では今来た道を駆け戻りたいと思っていたが、捕まったあとのことを考えるとそんな勇気は出なかった。

ところが、その少し先でアシュリーは思わぬ光景を目にすることとなる。

ジェイドは通路に置かれた松明を摑むと、ずらりと並ぶ鉄格子《てつごうし》の前で立ちどまり、アシュリーを振り返った。

中を見ろと言っているのだろうか。

顎で命令され、促されるまま鉄格子の向こうに目を凝らす。松明の火でぼんやり浮かび上がった光景にアシュリーは驚いて腰が抜けそうになった。

「な…っ!?」

鉄格子の向こうはいくつもの石の壁で仕切られており、小さな部屋がたくさんあるのだが、一部屋に五、六人もの人が押しこまれてひしめき合っていたのだ。

恐らく、灯りが届かないところも似た光景が広がっているのだろう。耳を澄ませば人々の息づかいが聞こえてくるようで背筋が寒くなった。

——彼らはこの城にいた人たちだわ。まさか、牢に入れられていただなんて……。

すべて殺されたのではと思っていたので、そうではなかったことには安堵した。

だが、ここにいるのはなぜか男ばかりだ。

女の姿は見当たらず、兵士や普通の恰好をした者などさまざまで、ざっと見渡した印象では若者が多い。その中には北の塔へ着替えや食事を持ってきてくれたことのある見覚えのある顔もいくつかあった。

「やはりこの女、裏切り者だったんだ」

「何も知らないような顔をして、裏で何をしていたのかわかったもんじゃないな」

「所詮はアルバラードの人間だ。信用などできるわけがない」

「ああ、まったくだ」

呆然と立ち尽くしていると、あちこちからアシュリーの耳に囁きが届く。

よく見ると皆、憎悪に満ちた眼差しでこちらを見ていた。

――この人たちにはそんなふうに私が見えるのね……。

向けられる悪意にアシュリーは無言で俯《うつむ》く。

これまでもそうだったように、彼らにとって自分は敵以外の何者でもないのだろうと、ただ目を逸《そ》らすことしかできなかった。

「この中にブルーノの息子がいるはずだ。名はエリックと聞いている。手を挙げろ！」

しかし、突如響いたジェイドの声で地下牢がしんと静まり返り、アシュリーは驚いて顔を上げた。

エリックがここにいる？

まさかと思いながら牢の中を捜したが、近くにエリックの姿は見当たらない。

人々も何の反応も見せない。手を挙げる者も、指を差してエリックの存在を教えようとする者もなく、異様な緊張感に包まれていた。

「……なるほど。そうやって、だんまりを決めこむわけか。ならば仕方ない。——アシュリー、おまえが俺に教えろ。この中にエリックはいるか？」

「え…っ」

唐突に話を振られ、身体をびくつかせる。

振り返ったジェイドはアシュリーの腕を摑み、通路の突きあたりまで引っぱって足を止めた。

「ここにいるのはエリックと年が近いと思われる男たちだ。変装していることを考慮して兵士も含めてある。ここから一部屋ずつ目を凝らして確認しろ」

「あ、あの」

「エリックを見つけたらすぐに言え。嘘は言うなよ。わかっているな？」

「そんな…っ」

「早くしろ」

「……ッ」

ここに連れてこられた意味をようやく理解し、有無を言わさぬ威圧に身を震わせた。

摑まれた腕は痛いほどで、少しずつ移動しては牢の中を確認するよう促される。

アシュリーはそのたびに震えながら一人ひとりに目を凝らしていくが、憎悪に満ちた眼差しを向けられるのは拷問《ごうもん》のようだった。

本当にエリックはこの中にいるの？

北の塔へ続く渡り廊下で彼の腕を振り払ったあとは、一度もエリックの姿を見ていない。できることなら城から逃げ延びていてほしかった。見つけだされれば、きっと彼もブルーノや母のように殺されてしまう。

「——ッ！」

けれど、そのさなかで、アシュリーは見覚えのある顔を見つけてしまった。

エリックは別れたときと同じ恰好で、ひしめき合う牢の中に佇んでいたのだ。

なんてことだろう。あれからすぐに捕まってしまったのだろうか。

心臓の音が一層激しくなっていく。目が合って一瞬呼吸を乱しかけたが、何とか平静を装って牢の前を通りすぎた。

ジェイドはそんなアシュリーをじっと見ていたが、表情に変化はなかったので不審に思われているわけではなさそうだ。内心そのことにほっとして、そのまま何食わぬ顔で最後の一人まで確認していった。

「どうだ、エリックはいたか？」

問いかけられ、アシュリーはごくりと唾を飲みこむ。

いてもいなくても、答えは決めている。

首を横に振り、ジェイドを見上げた。

「いなかったわ」

途端に牢の中に動揺が走り、アシュリーの答えに驚いている様子が伝わった。

その動揺を感じとったジェイドは牢内に松明を向け、じろりと彼らを睨みつけながら忌々しげに舌打ちをした。

「嘘つきめ…ッ」

吐き捨てるように言い、アシュリーを摑む手に一層力が込められる。

ここで怯んでは相手の思うつぼだ。何としてもエリックを守らねばと腹を決め、アシュリーは唇を引き結んだ。

「本当よ。エリックはいなかったわ」

「そんなわけがあるか。こいつらの反応を見れば、誰が嘘をついているのかは明白だ」

「反応って？　この人たちは最初から何も言ってないじゃない」

「よくもぬけぬけと」

「そう言われても困るわ。私はあなたの言葉に従って、一人ひとり目を凝らして確認したのよ。これ以上、どうすればいいのかわからない。なにをすれば信じてくれる？　嘘じゃない証明なんて私には思いつかないわ」

エリックの存在を悟られないようにとの一心だったが、自分がこれほど強気なしらを切れるだなんて驚きだった。

一方で、ジェイドの目つきはどんどん鋭くなっていく。

かなり苛《いら》ついているのがわかったけれど、今さら引くことなどできないし、そのつもりもない。このままやり過ごせることを祈るしかなかった。

「……は」

ややあって、乾いた息を吐きだした彼は、なぜかアシュリーの手を離す。

そうして腕を組み、通路の壁に寄りかかると、ジェイドは口端をクッと引きあげて不敵な笑みを浮かべた。

「嘘ではない証明だと？　面白いことを言ってくれる。ならば、こういうのはどうだ」

「……なに？」

「今から部屋に戻り、おまえはそこで俺に純潔を捧《ささ》げろ」

「え…っ!?」

「生温《なまぬる》い方法で証明できると思うなよ。そこまでして『エリックはいなかった』と言うなら信じてやってもいい。ついでに、ここにいる全員と、この城で捕まえた他の連中も解放してやろうか？」

ジェイドは牢に入れられた人々に視線を移し、喉の奥で笑いを噛み殺している。

松明の灯りが顔の陰影を浮きたたせ、その妙な色気にぞくりとさせられたが、持ちかけられた内容にアシュリーは唇を引き結んだ。

純潔と引き換えにするなど、なんて横暴な話だ。

だが、馬鹿にしたような笑いで彼の考えが伝わってくる。どうせできやしないと思ってそんな話を持ちかけたのだろう。

ジェイドは何もわかっていない。

エリックのことがばれたら酷い目に遭わされるなんて簡単に想像できることなのに、生《なま》半可《はんか》な気持ちでこんな嘘をつけるわけがないだろう。

エリックの命と自分の純潔では天秤《てんびん》にもかけられない。そうすることで、他の人々も一緒に解放されるならそれはそれでよいと思うべきだ。

――だから、この嘘は絶対につきとおさなければならないのよ。

「それで信じてくれるなら、あなたに純潔を捧げるわ」

アシュリーはぐっと拳を握り、まっすぐ彼を見上げた。

途端に牢に入れられた人々がざわめきだし、ジェイドは僅かに目を細めて、「へえ…」

と呟いていた。

「では、この場で誓いの口づけをもらおうか」

「え…」

「なんだ、できないのか？」

「……ッ、で、できるわ」

意地悪な言い方をされ、内心動揺しながらも平静を装う。

口づけなんてたいしたことじゃない。ただ唇をくっつければいいだけだ。

アシュリーは自分に言い聞かせながら壁に寄りかかるジェイドに近づく。背伸びをしたが届かなかったので、少しだけ屈んでもらった。

「目は閉じたほうがいいのか？」

「どちらでも」

「じゃあ、見てるか」

「う…」

間近で見つめられて思わず怯んでしまう。

どちらでもいいと思ったが早まったかもしれない。ジェイドの強い視線に緊張して息が上がってしまい、キスをする前から酸欠になりそうだった。

「……やっぱり、閉じてほしいのだけど」

「ああそう」

文句を言われると思ったが、彼は素直に目を閉じた。

大丈夫、すぐに終わることだ。

アシュリーは懸命に自分を励まし、緊張で震えながら精一杯背伸びをして、自分の唇を彼の唇にそっと押しつけた。

「……っ」

ところが、思いがけず柔らかな感触にドキッとする。

もっとガサガサしているのではと思っていたが、想像とは随分違った。

これが口づけなのか……。望んでしているわけでもないのに、嫌な感じがしないのが不思議でならなかった。

しかし、そこまで考えてハタと我に返る。

嫌な感じがしないというのは、さすがにおかしいだろう。

「…っ!?」

だが、慌てて唇を離すと途端にジェイドと目が合った。

目を閉じていなかったのかと驚いたが、抗議はせずに口を噤んだ。彼がどこか不機嫌な顔をしていることに気がついたからだ。

息を詰めて見上げていると、ジェイドは屈んだ背を伸ばして牢の向こうを睨みつけ、アシュリーの手を取った。

「行くぞ」

強く引っぱられ、無言で頷く。

どこへ向かうつもりかは聞くまでもない。

その途中で牢の中に目を向けたが、アシュリーはすぐに目を逸らした。愕然《がくぜん》とした顔でこちらを見ているエリックと目が合ってしまったからだ。

——別に恩を売るつもりでこんなことをしているわけじゃないわ。

エリックはローランドに来て唯一仲良くしてくれた人だ。孤立させられてからも、変わらぬ笑顔を向けてくれたことにどれだけ救われたかわからない。

大事なことを何一つ教えてくれなかったからなんだというのだ。

そんなことは関係ない。彼を差しだせるわけがないだろう。たとえ自分の身を犠牲《ぎせい》にしようと、エリックには生きのびてほしかった。

だから、こんなことはなんでもない。

アシュリーは何度も自分に言い聞かせ、ジェイドと共に地下牢をあとにした。

＋　＋　＋

　これから起こることに内心で怯え、びくつきながら部屋に戻ったのは、それから間もなくのことだ。

　だがしかし、部屋に戻るなりジェイドに言われた言葉は、アシュリーにとって予想もしないものだった。

「先に言っておくが、俺は嫌がる女を強引に抱く気はない。捧げると誓ったからには、おまえが俺に抱かれる意志をはっきり示せ」

「え…？」

　それはどういう意味だろう。

　理解できずにいると、ジェイドはふいと顔を背けてベッドに向かい、どかっと腰かける。長めの髪を煩わしげに掻きあげ、どこか不機嫌な眼差しで溜息をつく様子は、まるで気乗りしないと言われているようだった。

「おまえ、無理やり奪われると思ってるだろ」

　心を見透かしたような言葉にアシュリーは立ち尽くす。

　そのとおりだ。部屋に戻ったらいきなり襲いかかられるものと思っていた。

　戸惑いぎみに頷くとジェイドは皮肉な笑みを浮かべる。しかし、その顔を見ているうちに、アシュリーは段々と自分の間違いに気づいた。

——ああ、そういうことじゃないんだわ。

嫌がる相手を無理に抱けば、自分の意志ではなかったとあとになってずるい言い訳をしかねない。

ただ為すがままにされているだけでも、似たような言い訳ができてしまう。

それは彼の望む行為とは違うのだ。

彼は捧げろと言った。都合のいい逃げ場など用意するはずがない。身を尽くす覚悟がなければ相手にしないつもりなのだ。

ジェイドはどちらでもいいと言わんばかりにあくびをしている。

自分の甘さを痛感しながら、アシュリーは唇を噛みしめ彼の前に立った。

与えられた機会をみすみす逃がすわけにはいかない。覚悟を決めたのなら、彼をその気にできなくてどうする。

アシュリーは大きく深呼吸をしてから身を屈め、今度は彼に見られていても構うことなく、自ら二度目のキスをした。

「ん…」

やはりとても柔らかい。

不思議な感覚になるのは二度目もそう変わらなかったが、嫌じゃないならそのほうが何倍もいい。角度を変えて何度か唇を重ね、間近で見つめる彼に囁いた。

「あの、このまま横になってもらってもいい？」

「……ああ」

その要望にジェイドは掠れた声で応え、大人しく横になる。

銀の髪がベッドで波打ち、青灰色の瞳にまっすぐ射貫かれ、アシュリーはごくりと喉を鳴らした。

硬い筋肉、ごつごつした手、大きな身体。

どこもかしこも自分とは違う。まだ少年だった頃の面影を僅かに残しながらも、ジェイドはすっかり大人の男へと成長していた。

——止まっていたのは、きっと私だけね。

それを寂しく感じながら、アシュリーは横たわる彼を跨《また》いでもう一度キスをした。

「脱がしてもいい？」

「ああ」

指先で彼の頬を撫で、顎、喉へと唇を押しあてる。

軍服のボタンを上から一つずつ外していったが、途中、腰のベルトに阻《はば》まれたのでそれも外し、上衣を脱がせた。

経験はないが、何とかするしかない。

性の知識ならアルバラードにいた頃に最低限のことは学んだ。男女の身体の仕組みや役目は理解しているのだから、あとはやりながら覚えていくしかない。

古い記憶を掘り起こしながらシャツのボタンを外し、はだけた胸元に口づける。少しでも彼がその気になるようお腹や脇に触れたりもした。

そのまま胸元に口づけながら身体のあちこちを触り、反応を確かめようと彼を見上げる。すると眉を寄せ、難しい顔でこちらを見ているジェイドと目が合い、アシュリーはびくっと肩を震わせてそこで動きを止めた。

「なんだよ」

「……っ」

むすっとした顔を向けられ、無言で首を横に振る。

ジェイドの視線が怖くて目を逸らし、シャツをぎゅっと摑んだ。

少しも気持ちよさそうじゃない。

肌に直接触れたりキスをすれば、自然とその気になってくれるものと思っていた。

学んだ知識によれば、男性は興奮すると性器が立ちあがるはずだが、見たところ彼の下半身に変化はない。表情を見れば興奮する以前の問題のようにも思えた。

何が間違っているのだろう。他に何をすればいいだろう。

早くその気にさせなければと焦るが答えは見つからない。

ぐるぐる考えながら、アシュリーはジェイドの下半身をじっと見つめ、そろそろと手を伸ばしていく。

名案があるわけではない。やれることはなんでもやろうと思い、まずは服の上から触ってみようと思っただけだ。

「ちょっと聞きたいんだが」

「あっ」

だが、ジェイドの下肢に伸ばしかけたその手は、触れる寸前に摑み取られてしまう。

見れば彼は眉間に皺が寄るくらい険しい顔をしていて、それに怯んでいると少し痛いくらいに摑む手に力が込められた。

「雰囲気でそうと思いこんでいたが、おまえ、本当に処女だよな？」

「そう、だけど……」

「そのわりに、脱がしたり身体に口づけたり積極的すぎないか？　普通、初めてで男の股ぐらに触ろうとするか？」

「え…」

反応を得ようとしただけなのに、そんなふうに言われるとは思いもしなかった。

アシュリーは摑まれた自分の手を見ながら口ごもり、泣きたい気分になってしまう。

抱かれる意志を示せと言うから、いろいろしなければと思ったのだ。

捧げるという意味を考えてそうしたのに、これで積極的すぎるというなら他に何をすればよかったのだろう。

「おまえも脱げよ。話はそれからだろ」

「あ…っ」

落ちこんでいると溜息まじりで言われてハッとする。

それが助け舟のつもりだったかは知らないが、自分だけ服を着ているのは確かにおかしい。納得したアシュリーは一旦ベッドから下りて気持ちを落ちつかせ、先ほど着たばかりのエンパイアドレスを脱ぐことにした。

身を隠す必要がない分、着るときよりも脱ぐほうが簡単だ。

腰より高い位置で結んだサッシュを解き、そこで手を止めて目を泳がせる。僅かに躊躇《ちゅうちょ》する気持ちがあったが、大きく息を吸ってその感情を押しこめ、纏《まと》っていた服を一気に脱ぎ捨てた。

アシュリーは、たったそれだけで生まれたままの姿になってしまう。

なぜなら下着を身につけていないからだ。

ローランドではそういう習慣がないのか、これまで一度も下着を用意してもらったことがなかった。もはやそのことに疑問さえ抱かなくなっていたが、今はすぐに裸になってしまったのを恥ずかしく感じた。

しかし、そんなアシュリーを見てジェイドは呆れた様子で息をつく。

びくっと震えていると、たった今まで感じていた恥じらいなど一瞬で消し飛ぶようなことを言われた。

「母の敵《かたき》と思っている男に、そこまで言いなりになるのは屈辱じゃないのか？」

「……ッ」

一気に血の気が引いていく思いがした。

アシュリーは唇を噛みしめ、震えそうになる手で拳を握る。

言うとおりにしたのだから我に返るようなことを言わないでほしい。

屈辱なんて、あるに決まっている。

だけど、今それを考えてしまえば、故郷を愛おしんでいた自分に絶望して泣き叫びたくなってしまう。人殺しと彼を罵《ののし》り、初恋だったのにと感情的になってしまう。

そんなことができるわけがない。

下手なことをしてエリックの身に危険が及んだらどうする。

本当はしたくないなんて口が裂《さ》けたって言えない。自分さえ我慢すればうまくいくことを、台無しにできるわけがないだろう。

アシュリーは叫びだしたい気持ちをぐっと堪え、唇を固く結んでその感情を表に出さないようにした。

「おまえ、つまらない顔をするようになったな」

「つまらない……？」

「ああ」

「……」

続けざまに酷いことを言われて、アシュリーはますます落ちこんでいく。不細工《ぶさいく》だと言いたいのだろうか。

けれど、そう言われてもわからない。北の塔には鏡なんてなかったから、窓に映るぼんやりした自分の顔しか見ることができなかった。

アシュリーは息を震わせながら、溢れだしそうな感情を必死に押しこめる。

こうやっていちいち心を乱されるからいけないのだ。最後までする覚悟を決めたのだから、余計なことを考えては前に進めない。アシュリーは息を吸いこみ、裸を隠すことなく彼の前に立ち、膝に置かれていた大きな手を取った。

「こ、この身体では…、その気になれない？　胸は大きくなったと思うのだけど」

このままではジェイドは何もしてくれないだろう。

ならば自分から動くしかないと思い、アシュリーは意を決して彼の手のひらを自分の乳房に押しあてた。

指先がぴくんと動いて、ほんの少し力が込められる。

反応してくれたということだろうか。

さらに強く胸を押しあてて顔色を窺う。すると、ジェイドは苦笑を浮かべて浅く息をつき、目を伏せてゆっくりと一度だけ頷いた。

「確かに、昔とは違うな…」

「んッ」

その直後、胸に押しあてた彼の手にぐっと力が込められる。

今度こそはっきりとした意志を持って乳房を揉《も》みしだかれ、指と指の間で乳首が挟まれると少し強く引っぱられて、背筋にぞくっとした感覚が走った。

「あ…っ」

「……いいだろう。おまえを抱いてやる。だが俺は途中で止めたりはしない。やっぱりできないなんて言うなよ」

ジェイドはアシュリーの腰に腕を回すと力強く抱き寄せてきた。

彼の太ももの上に乗せられる恰好となり、身体を密着させながら間近で見つめ合う。その間も大きく円を描いて胸を揉まれ、もう片方の手は指先で背筋を撫でるように柔らかく引っ掻かれた。

「ん、はぁ…ッ」

「少し口を開けろ」

耳元で低く囁かれて鼓動が速まり、よくわからないままその言葉に従う。

途端にジェイドの唇が近づき、重なったと同時に熱い舌がアシュリーの唇の奥へと潜《もぐ》りこんできた。

「ん、んんッ！」

しかしそれは、アシュリーの知らない行為だった。

ただ唇を重ねるだけと思っていたのに、侵入したジェイドの舌にぐるっと歯列をなぞられる。目を見開いていると今度は上顎を突かれ、戸惑う舌に絡《から》みつかれてしまった。

驚いてその舌から逃れようとするも、蛇のように巻きついて離れない。

くぐもった声で動揺を伝えたが、喉に流れこむ二人分の唾液で咽《む》せそうになり、それを飲みこむのが精一杯になってしまう。

「ん、んく、ん、ん…ッ」

気がつくとアシュリーは彼にのしかかる形でベッドに倒れこんでいた。

端から見れば自分から襲いかかっているような体勢だが、唇が離れないように後頭部を手で押さえられて、逃げられないようにもう一方の手が腰に回されているため、主導権は完全にジェイドが握っている。

巻きつく舌は逃げようとするほどきつく絡められた。

このままでは自分の舌が引っこ抜かれてしまうのではと怖くなるほどだった。

「アシュリー、俺の服、脱がせるんだろ？　キスをしながらやってみろよ」

「あっ、はあッ、はあ…ッ。キ、キスを、しながら？　――ふぅ、ん…、んんっ」

僅かに離れた唇は、彼が言いたいことを言うとすぐにまた塞がれてしまう。

アシュリーは一人で混乱していた。

これもキスだというの？

ただ重ねるのとはわけが違う。自分の中身が食べられてしまいそうなほど、口の中を激しく掻き回されて、キスという言葉で一括《くく》りにできる行為ではないように思えた。

この状態でジェイドの服を脱がせるなど、そんな器用なことができるだろうか。

アシュリーは涙目になりながらも、なるようになれと半ばやけくそになってジェイドのはだけたシャツに手をかけた。

「ふ、う、…んく」

けれど、前を大きく開けたはいいが、肩が引っかかって脱がせられない。

こんなに肩幅が広いからいけないのだと若干苛つきながら服を引っぱると、ビリッと布が軽く破ける音がした。

少し力が入りすぎたみたいだ。

アシュリーは冷や汗を掻き、ひとまず上を脱がせるのはあとにして、今度は彼の腰に手を伸ばした。

「うう…ん」

男性の服の構造なんてよく知らないが、下ろさなければ始まらないことはわかっている。

今度はシャツではないから多少力を入れても平気だろう。

アシュリーは腰から膝までゆったりとした作りをしたジェイドの下衣を両手で鷲掴《わしづか》み、強引に引きずりおろそうとした。

「……っは、おまえ、なにしてんだ？」

「…ぬ、脱がそうとしてるのだけど」

「それじゃ無理だろ」

ジェイドは唇を離し、小さく笑う。

上に乗っていたアシュリーの腰を摑み、「仕方ねぇなあ」とぼやきながら彼の腹の辺りまで移動させ、自身の下腹部の辺りでもぞもぞと両手を動かす。

何をしているのかと気になり、後ろを見てアシュリーは一気に顔が熱くなった。

うまく脱がせられないのを見かねて、ジェイドは自分で前を開けてくれていたのだが、彼の大事なところが今にも見えそうになっていたのだ。

「なんだよ、見ないのかよ」

「い、いいのっ！」

慌てて前を向き、ぶんぶんと顔を横に振る。

遠慮するなよとニヤつきながら言われたが、それに反応する余裕はなかった。

頭の中で残像がちらついて消えてくれない。きっと一瞬だけ見えてしまったのだと思った。

「その程度で恥ずかしがってどうするんだよ。コレ、おまえの中に入れるんだぞ？」

「わかってるわ…っ」

「へぇ、わかってるのか。じゃあ、代わりにおまえのを見せてみろよ」

「え？　ちょ、ちょっと……」

「入るかどうか見てやるって言ってんだろ」

「あっ!?」

「いいから俺に全部見せろ」

なんたる横暴だろうか。

ジェイドは嫌がる腰を鷲掴み、ジタバタするのも気にせず、強引にアシュリーの身体を自分の顔の真上まで移動させてしまった。

「や、や…っ、見ないでぇッ！」

本当になんて人だろう。なんてことをしているのだろう。

彼に跨がっていた恰好のまま移動させられただけだから、完全に見られてしまっている。

あまりの恥ずかしさでアシュリーはガクガクと足を震わせ、膝をついていられなくなり前のめりに倒れこんだ。

「もっと足を広げろ。舌が届かないだろ」

「し、舌!?　やぁあ…っ！」

さらにとんでもないことを言われて驚嘆《きょうたん》し、逃げようとした矢先に太ももを左右へと一層広げられてしまった。

——もう何がどうなっているのかわかりたくもない。

全開にした秘部を間近で見られているというとんでもない事態に、アシュリーは前のめりに倒れこんだ状態で自分の顔を両手で覆い隠す。そんなことに意味がないのはわかっているが、あまりの羞恥《しゅうち》に堪えられず、何もしないよりましに思えたのだ。

「ひ…ぁッ」

おまけに熱い息が下腹部にかかるから、ビクビクと腰をくねらせてしまう。

そんなところへ指先で弄《いじ》られ、さらにはその指よりも柔らかく濡れたもので敏感な場所を突かれて全身に衝撃が走った。

「あぁッ!?」

アシュリーは甲高い声を上げて内股を震わせる。

この状態でそれが何かなんて聞くまでもない。そもそも、彼は足を広げさせる前に『舌が届かない』とはっきり言っていた。

アシュリーは何とか腕に力を入れて身を起こしたが、そこで目の当たりにした行為に息を呑む。

ぴちゃぴちゃと卑猥《ひわい》な音を立ててジェイドは陰核を舌で弄び、その周辺の凹凸《おうとつ》を指先で意地悪にくすぐって遊んでいたのだ。

「う…、うそ…っ」

あまりにも卑猥な光景にくらくらする。

そんな様子に彼はニヤリと不敵な笑みを浮かべ、舌の周りで悪戯《いたずら》に動きまわっていた指先をいきなり中心へと沈めてしまった。

「あぁう…っ！」

あんなに太い指なのにどんどん入ってしまう。

異物感はあるが痛みがさほどないのは、舐《な》められて濡れていたからだろうか。

指の半分ほどまで入れられるとギリギリまで引き抜かれ、そしてまた同じだけ入れられる。その周りを丹念に舐められながら、同じ動きを角度を変えて何度も繰り返された。

そうするうちに、少しずつ動きが滑らかになり異物感がなくなっていく。

ジェイドの視線はアシュリーを捉えたままだ。

なぜだかそこから逸らすことができない。

とんでもないことをされていると思うのに、彼の眼差しや舌の動き、目に入る淫《みだ》らな光景すべてに釘付《くぎづ》けになってしまっていた。

「すごい敏感な反応だな。舐められて興奮したのか？」

「そ、んなこと…、ぁ、ああっ！」

いつしか指は二本に増やされていたが、中が広げられて少し苦しいと思う程度だ。指の動きはますます滑らかになっていた。

出し入れするたびにジェイドの舌とは違う別の卑猥な音が耳につき始め、その音が聞こえるごとに声が出てしまう。

興奮しているのだろうか。とにかく燃えるように全身が熱いのだ。

だってあんな場所をたくさん舐められて、中心には指が出入りしていて、それを見ている自分を見つめられている。内壁を擦られるといやらしい音まで聞こえてきて、段々と何かに追い詰められていくようだった。

「あ、ぅ…ッ」

ジェイドの息が先ほどよりずっと熱く感じられた。

入れられている指も熱い。太ももを掴む手のひらも異様に熱かった。

次第にお腹の奥が切なくなってきて、彼の指を締めつけてしまう。奥のほうの同じところばかりを執拗に擦られているうちに、知らぬ間に息が上がっていった。

「は、っは、あ、はあっ、ジェイド…ッ」

「そのまま感じていろよ。達《い》くまで舐めてやるから」

「ん、んっ、ああっ、あう…ッ」

いくまで……？

よくわからなかったが、アシュリーはジェイドの言葉にコクコクと頷いていた。

指は三本に増やされて一層中がきつくなっている。

それでも、あまり痛みを感じない。とろとろになるほど舐められて、たくさん濡らされているから、あんなに狭い場所なのに少し苦しく感じるだけだった。

きっと、むやみやたらに動かしているわけではないのだろう。彼は先ほどからずっとアシュリーの様子をじっと観察していて、敏感に反応する場所を見つけてはそこばかりを集中的に擦っていた。

「あ、あっ、あ…ッ、あっ、あぁッ、ん、…ん、んく」

目の前が白くなり、チカチカしてくる。

かき混ぜるごとに激しくなる水音は、ジェイドの唾液と自分が分泌《ぶんぴつ》したものとで区別がつかなくなっていた。

彼はさらに奥まで指を差し入れ、緩急をつけて中を擦っていく。

同時に、ちゅっと音を立てて小さな芽を唇で吸うと、ソコを舌先で強めに嬲《なぶ》り、激しく悶《もだ》えるアシュリーを見つめたまま僅かに目を細めた。

「ひぁ…、あ、あ、あ…ッ、あ、あぁ――ッ！」

まるで彼の目の動きが合図となったかのような感覚だった。

一瞬のうちで制御できない波に攫《さら》われ、アシュリーは甲高い悲鳴を上げ、奥を刺激するジェイドの指を激しく締めつけ全身を波打たせる。

これが何であるかなど考える暇もない。襲いかかる初めての絶頂に意識が飛びかけ、何とか力を入れていた腕から力が抜けてしまい、顔からベッドに倒れこんだ。

「ふぁ、あ、……ん、あぁう…、ん」

アシュリーはベッドに顔を埋めた姿勢で、か細く喘《あえ》ぎ続けた。

時間と共に大きな波は去っていったが、いつまでたってもお腹の奥のひくつきが止まらない。そのうちに奥まで入れられていた指はゆっくりと引き抜かれ、刺激を続けていた舌も動きを止めた。

ジェイドはおもむろにアシュリーの腰を掴み、ぐったりした身体を持ちあげると今度は彼の腹の上までその体勢のまま移動させる。

アシュリーのほうは絶頂の余韻からなかなか抜けだせず、肩で息をしながら硬い胸板に頬を寄せていた。

張りのある肌がとても気持ちがよくて、少し速めの心臓の音に眠気を誘われていく。

しかし、うつらうつらしていたところで投げだしていた両手をがっしりと摑まれる。

その手をアシュリーのお尻の辺りに回されると、おもむろに熱く硬い何かを握らされ、そこでふと我に返った。

「な、に…してるの？」

「おまえは力を入れなくていい」

その言葉にアシュリーは頷きかける。

けれど、手のひらに伝わる熱く波打った感触が徐々に脳にまで届き、がばっと顔を上げた。

「このくらいで動揺するなよ。おまえだって触ろうとしてただろ」

「……ッ」

「ほら、硬くなってるのわかるか？」

「あっ、あッ!?　そんな…っ」

目の前の動揺など彼にはどうでもいいことなのだろうか。

ジェイドは意に介す様子もなく、摑んだアシュリーの両手で自身の雄を扱《しご》きだす。

力など入れられるわけがない。この生々しい感触と淫らに濡れた音に、アシュリーは目を白黒させるばかりだった。

「なんだよ。触るの、嫌なのかよ」

「そ、んなことは……」

「じゃあいいだろ。男のなんて見るのは初めてだろうし、直接見ながら扱くよりいいと思ったんだよ」

「え…？」

——つまり、これが彼なりの配慮ということなの？

ジェイドは『何か文句あるか』と言わんばかりの目で見ていて、何となくその心を理解したアシュリーはぐっと口を噤み、ふるふると首を横に振った。

彼の行動は想像の上ばかりをいくから、すぐに心が乱されてしまう。そのせいで感情を押しこもうとしても、なかなかうまくいかない。

それでも、これが彼の望むことなら、このまま身を預けたほうがいいのだろう。アシュリーは自分に言い聞かせ、しばしの間、ジェイドの為すがままになって熱く猛《たけ》ったものを手のひらに感じていた。

「あの、ジェイド」

「なんだよ」

「その、……コレは、気持ちいいこと？」

そのうちに時折微かに息を乱すのが気になってきて、遠慮がちに聞いてみる。

硬くて大きくて、熱の塊《かたまり》を触っているようなので興奮した状態なのは理解できるが、声を上げたりしないので実際どう感じているかわからなかった。

だが、問いかけた途端ジェイドは意地悪に目を細め、アシュリーの両手をぱっと手放すと口端を引きあげて笑みを浮かべた。

「そんなのおまえ自身で直接感じてみればわかることだろ。そんなに物欲しそうな顔で見なくてもちゃんと挿れてやるから心配するなよ」

「な…っ」

「ほら、腰を上げろ。しっかり足に力を入れておけよ。でないと、一気に奥まで突っ込まれるぞ」

「えっ、え…っ？」

腰を上げろと言ったのは彼のほうなのに、ジェイドはアシュリーが動く前にその細い腰を摑んで身体を持ちあげる。すぐに中心に彼の先端が押しあてられたのに驚き、アシュリーは慌てて足に力を入れた。

「あ、あぁ、そんな…ッ」

これでは彼の言うとおり、身体の重みで一気に奥まで挿入されてしまいそうだ。

そう思って懸命に足に力を入れているのに、ジェイドは腰を摑んでいた一方の手を離してしまう。そして、その手で自身の屹立したモノを摑むと、腰を摑んだままのもう片方の手でアシュリーの身体をぐいっと押し下げてきたのだった。

「あぁッ!?」

足に力を入れていたって、そんなことをされたら意味がない。

既に指や舌を使って解《ほぐ》されていたアシュリーのソコは見る間に広がり、彼の先端をどんどん呑みこんでしまう。

しかし、指よりも遥《はる》かに質量があるため、入れられた分だけ苦しく感じた。

アシュリーは彼の肩に手を掛け、自分の足にも力を入れ直す。せめてもう少しゆっくりしてくれないと息が詰まりそうだった。

「んぁ…、ん」

「そんなに焦らすなよ」

「ちが、う…っ」

「アシュリー、もっと俺を中に入れてくれ」

「ふ、あ、ぁあッ!!」

耳元で囁かれ、思わず力が抜けてしまう。

けれどそれが狙いだったのか、彼はアシュリーの腰を両手で固定すると自身の腰を大きく突きあげてきた。

「あー…ッ!!」

一瞬のうちに深く繋がってしまい、掠れた悲鳴を上げながら弓なりに背を反らした。

足にはもう力が入らなくなり、身体の重みでなおも沈んでいく。

もう充分だと思ったが、ジェイドはそれだけでは終わらせてくれない。

続けざまに大きく腰を突きあげて最奥《さいおう》まで強引に自身を挿入させると、彼はその先端でお腹の奥をぐいぐいと押しあげてきたのだ。

「あ、あぁ…、苦し、い…ッ」

「苦しいだけか？　痛みは？」

「……ッ、す、少し……」

「たくさん舐めた甲斐《かい》があったな」

彼は何を満足しているのだ。

そんなふうに、たいしたことがないみたいな言い方をしないでほしい。

アシュリーは唇を震わせ、ジェイドの肩に顔を埋める。

少しの間、何もせずにいてくれれば、この苦しさも多少は和《やわ》らぐ気がした。お願いだからまだ動かないでという気持ちを込めて両腕を彼の首に巻きつける。

「アシュリー、顔を上げろ」

「う、ん」

「口を開けて」

「え…」

「いいから」

「……」

あの強烈なキスをまたされるのだろうか。

警戒しながら口を開けると、案の定顔が近づき舌を差しこまれた。

「あ…」

「おまえも俺に舌を絡めろ。やられっぱなしだから苦しいんだよ」

そうなのだろうか……。

にわかには信じられなかったが、妙な説得力を感じた。

ジェイドは先ほどのように口内を荒々しく舐め回したりはせず、じっと大人しくしている。

この状態ならと思い、アシュリーはおずおずと舌を伸ばす。舌先で軽く突くとぴくんと反応したジェイドの舌がゆっくり動き、柔らかく絡みついてきた。

これくらいなら苦しくない。

胸を撫でおろしてアシュリーも同じように自分の舌に彼の舌を絡みつける。

二人とも目を閉じることなく、ひたすら見つめ合って唇を重ねていた。

——なんでだろう。ジェイドの目つきが最初と違う。

気のせいだろうか。そう見えるだけだろうか。

優しい目で見られている気がして、胸の奥がやけにざわめく。

それに、知らず知らずのうちにエリックを助けなければという考えに囚われなくなっていき、この行為の目的を見失いかけている気がした。

ジェイドがあんまりにも遠慮がないからだ……。

だから段々と昔の彼と接しているような気になってしまう。

拍車《はくしゃ》がかかった口の悪さも悪気がないように思えてしまう。

恥ずかしいことをされても、苦しいことをされても、ジェイドだから仕方ないと無意識に受け入れてしまっていた。

きっと彼を悪く思いたくない自分が、まだ心のどこかにひそんでいるのだ。

城内の喧騒も、あの通路で見た惨状《さんじょう》も目に焼きついている。

だけど、まだ混乱している。割り切れていない。

成長した彼の肉体は少年の頃と比べようもないほど逞しくなり、すっかり大人の男に変わってしまったのに、一方でジェイドにはあの頃の面影も残っている。

青灰色の目が意地悪に細められると、どうしようもなく懐かしくなってしまう。

昔の彼がそこにいるんじゃないかと思ってしまう。

キスは嫌じゃない。こうして身体を繋げるのも嫌じゃない。

同じことを他の誰かに強要されても、こんなに簡単にはいかない。

だって彼は初恋の人だ。

ローランドに来てからも毎日のように思いだしていた人なのだ。

ならば、一時でも初恋が叶った夢を見たと思っていたほうが何倍も幸せじゃないか……。

「アシュリー、動くから俺の首に腕を回しておけ」

「……ん」

長い口づけを終え、ジェイドは深く身体を繋げたままアシュリーをベッドに組み伏せる。

アシュリーは彼の首に腕を回し、その顔をじっと見つめた。

今だけでいい。絶対に気持ちは口に出したりしない。

だから、このときが終わるまで身を捧げる振りをして、焦がれ続けた想いをぶつけてしまいたい。

「あぁっ！」

ジェイドが動いた途端、アシュリーは甲高い声を上げた。

ゆっくり引いた腰が、また最奥まで一気に突いてくる。

探るように内壁を擦られ、腰を引いてはすぐに違う場所を突かれ、何度もその動きを繰り返された。

あんなに大きなものが中で動いている。

感触を覚えているので、余計に信じられない気持ちだった。

それなのに、少しの痛みで済んでいるのが不思議でならない。それどころか、先ほどまでのような苦しさも和らいでいる気がした。しばらく身体を繋げたまま動かずにいたから、その間に彼の大きさが馴染んだのかもしれなかった。

「あ、ああッ」

繰り返される動きに喉を反らせると、ジェイドはアシュリーの顎を甘噛みしながら熱く大きな手で乳房を揉みしだく。

丸く円を描き、親指で乳首を捏ね回され、ぴんと立ちあがった蕾《つぼみ》を口に含んで舌で転がされると自然と甘い喘ぎが出てしまう。

「はあ…ッ」

「おまえの中、すごく熱い。ドロドロになってる」

ジェイドは忙しなく腰を動かし、胸の先端を舌先で弄びながらアシュリーを上目遣いで見つめる。

なんて淫らな目つきだろう。もしかして、自分もあんな目で彼を見ているのだろうか。

「あっ、あぁっ、ああ…ッ」

ジェイドの手は驚くほど優しくアシュリーに触れていた。

自身の猛ったもので彼が執拗に擦っている場所は、指で中を弄っていたときにアシュリーが敏感に反応していたところだ。痛みではなく快感を引きだそうとしているというのは、言われなくてもわかることだった。

「すごいな。おまえ、うねって俺を喰《く》おうとしているみたいだ。なぁ、ココも擦ってやろうか？」

「あぁっ、そんなにしたら…ッ」

二人が繋がった場所よりも上の突起を指先で擦られ、アシュリーはその刺激にびくんと身体を波打たせた。

「――う、……ッ、お、まえ……、本当にとんでもねぇ……」

すると、ジェイドは苦しげに眉を寄せ、微かな呻きを漏らしながら舌打ちをする。

その言葉の意味はよくわからない。

だが、少なくとも自分のほうがとんでもない状況だと思った。

散々指と舌でドロドロにされて、今は彼の熱で内壁を擦られている。ジェイドは少しも動きを止めることなくアシュリーの弱い場所を突き続け、指の腹を使って陰核をも刺激していた。少しでも気を緩めれば、押し寄せる快感の波に攫われてしまいそうだった。

「アシュリー、もっと激しくしていいか？」

「ん、あぁう…っ」

「振り落とされないように、ちゃんと掴んでおけよ」

「あっ、ああっ」

喘ぎ声しか出せなくなり、アシュリーは返事もできなかった。

けれど、ジェイドは大きく腰を引くとそれを皮切りに激しい律動へと切り替えてしまう。振り落とされないように改めて彼の首にしがみつき、ジェイドもまたアシュリーの背に腕を回してきつく抱きしめる。

彼の荒い息づかいが耳にかかり、それだけでお腹の奥がぞくっとした。繋がった場所が熱い。肌も汗も、感じるものすべてが焼けるように熱かった。

「は、ああっ、ジェ…ド…ッ、ジェイド…ッ！」

アシュリーは彼の首に巻きつけた腕に力を込め、ひたすら名を呼んでいた。耳元で「アシュリー」と掠れた声が聞こえてその顔を見つめると、どちらからともなく唇が重なる。

自然に舌を絡め、間近でまた見つめ合う。狂おしいほどの甘く激しい抽送《ちゅうそう》で、極限まで募った快感が今にも弾けてしまいそうだった。

「ん、んんぅ、っは、あ、あ、ああ、あぁぁ――っ」

ぐっと腰を引きよせられ、小刻みに身体を揺さぶられる。

その瞬間つま先がぴんと伸び、お腹の奥に力が入り、限界を超えたアシュリーの身体が大きく波打った。

ぶるぶると内股を震わせ、中を行き交う彼を強く締めつけ、程なくして断続的に内壁がひくつく。

奥を擦られるだけで一層の快感に襲われ、終わりなどどこにも見えない。

「あぁ、う…、あぁ…っ、あ、ああっ！」

先ほどよりも強い絶頂で、目の前が真っ白になっていく。

意識が遠のきかける中、アシュリーはいまだ中を行き交う彼を無意識で締めつけた。

そうすると低く掠れた呻きが聞こえ、一際奥まで突き入れられて小刻みに身体を揺すられる。

唇が重なり、息ができなくてジェイドの肩に爪を立てた。

その刺激で彼の身体がビクンと揺れ、震える腕できつく抱きしめられる。

精を吐きだしながら、ジェイドはアシュリーの身体を揺さぶり続けていたが、乱れた息が徐々に落ちつくのに比例して律動も緩やかになっていく。やがて最奥を強く突き、同じだけアシュリーの腰を引きよせると、ようやくその動きが止まった。

「はあ…、はあ、……は、はあ……っ」

静かになった部屋で互いの息づかいが大きく響く。

アシュリーのほうはこの瞬間にも意識を手放してしまいそうで、そんな様子をジェイドは息を弾ませながら見下ろしている。

まだ熱の余韻があるのに、彼はもう動いてくれない。

これで終わりなのだと思うと涙が出そうになり、ぐっと堪えて大きく深呼吸をした。

「私のこと……、信じてくれる？」

「……、……ああ」

ジェイドが頷いたのを見て、アシュリーはなんだか哀しくなった。

勝手なものだ。問いかけておきながら、傷ついた気持ちになっている。

これは牢にエリックがいないことを証明するために始まった行為だ。

わかっていたはずなのにその現実を思いだし、こんなに辛いなら聞かなければよかったと思ってしまった。

意識が遠ざかっていく。もう目を開けていられない。

次に目が覚めたとき、ジェイドの姿はないだろうか……。

そう思うとまだ彼を見ていたくなったが、ベッドに沈んだ身体はどうやっても動かず、アシュリーは深い意識の狭間へ身を投じるしかなかった——。

＋　＋　＋

「——気を失ったか」

瞬く間に意識を手放したアシュリーを見て、ジェイドは軽く息をつく。

頬に流れた汗を拭ってやり、繋げたままだった身体を離して横になり、ぐったりした彼女の肢体をしばしの間ぼんやりと眺めた。

だが、程なくしてジェイドはむすっとした顔でベッドから下り、服を着てから彼女の身体に毛布をかけてやると一人で部屋を出ていった。

「誰も部屋に入れるなよ」

「はっ」

外で見張っていた兵に一言告げ、あとは気ままに広い廊下を進んでいく。

気分転換をしたいだけで、特に目的があって動いているわけではなかった。

「しかし、豪華な城だな」

ジェイドは眉を寄せてぼそっと呟く。

王の弟の城というだけあってどこを見ても驚くほど立派な造りだ。

外から見れば丘に建つ幻想的な白亜の城。

中に入れば、数歩ごとに美しいシャンデリアが天井からぶら下がり、壁には芸術的な彫刻が施され、どの部屋を見ても豪華絢爛《けんらん》。何気ない調度品さえ凝った作りをしており、まさに贅《ぜい》の限りを尽くしたといった雰囲気だった。

ジェイドはふと立ちどまって近くの壁に寄りかかる。

しばし細かい模様が彫られた天井を見上げていたが、次第に飽きてきたので今度は窓の外に目を移し、手慣れた仕草で懐に手を突っ込んだ。

取りだしたのは小さな手鏡だった。

それを無言で眺めていると、通りすがりの兵たちが気まずそうに去っていく。

気にせずにいたら、いつの間にか近くに来ていたアベルに呆れた様子で声をかけられた。

「皆に誤解をされるので、鏡を覗きこむのは部屋に一人のときがよろしいかと」

「なに言ってんだ」

「客観的に見て、ちょっと気持ち悪いです」

「……」

ジェイドはようやく皆の視線の意味を理解し、何気なさを装いながら手鏡を脇に挟んで窓の外に目をやった。

くすりと笑うアベルを無視して、仏頂面で遠くの景色を眺める。放っておけばどこかへ行くだろうと思ったが、彼はジェイドの隣に立って一緒に窓の外を眺めだした。

「その手鏡、戦場でも時々眺めているのを見かけました」

「そうだったか？」

適当な様子を装っていたが、あまり触れてほしくない話題だった。

自然と脇に力が入っていくのを感じて、ジェイドはそれをごまかすように広大な敷地に目を移す。

ふと、城から続く長い渡り廊下の先にぽつんと建てられた寂しげな塔が目に入り、あれは何だろうと頭の隅で疑問に思いながら適当な会話を探した。

「それより、何か見つかったか？」

「ええ、例の場所が見つかり、必要な証言や証拠になりそうな書類も得られたので、あらかたの準備が整った形になりました。今のところ、この城にいた者たちはだんまりを決めこんでいますが、城主亡き今となっては話しはじめるのも時間の問題でしょう。誰でも我が身は可愛いものですから」

「そうだな」

「ただ……」

「ああ、わかってる。エリックだろ？」

「はい」

アベルは頷き、ジェイドの横顔をじっと見ている。

そのもの言いたげな眼差しに苦笑を漏らし、大きく息をついてから答えた。

「まぁ、その件は明日だ」

「明日ですか」

はっきりと答えなかったが、アベルはそれ以上追及することはせず、その後は互いに何を見るでもなく外を眺めた。

　時折通りすぎる仲間の兵士の足音に耳を傾け、やがてジェイドは脇に挟んだ手鏡をもう一度手に取り、それを握りしめるとすぐに懐にしまった。

「俺は来るのが遅すぎたんだろうか……」

「――え？」

　少し驚いた顔をしたアベルの顔が視界に入ったが、別に誰かに問いかけたつもりはなく、何気なく口をついて出た呟きだった。

「いや、なんでもない。忘れてくれ」

　余計なことを言った……。

　口にしたことを少し後悔しながらヒラヒラと手を振り、ジェイドはアシュリーの眠る部屋へと戻っていった。

第三章

翌朝、ジェイドは起きてすぐにアベルを伴い地下牢へ向かっていた。

アシュリーはよほど疲れたようで目覚める気配もなかった。

一応声をかけたが、頬に触れても髪を引っぱってもぴくりともしないので、無理に起こさなくてもいいかと思い、そのまま部屋に残してきた。

「おまえたち、一日ぶりだな。寝心地はよかったか？」

ジェイドは牢内でひしめく人々の前に姿を見せるや否や皮肉な笑みを浮かべた。

人々は顔をしかめ、憎しみを込めた目でこちらを睨んでいる。

その様子がおかしかったので近場の鉄格子に近づき手をかけると、今度は恐れおののいた様子でその周りにいた者たちがあとずさっていった。

「別に取って食いやしないから、そんなに怖がるなよ。今日はおまえたちに、とっておきの話を持ってきたんだ。昨日は誰からも答えをもらえず寂しい思いをしたが、よくよく考えるとそれも当然だったと気がついた。俺としたことがうっかりしていたよ。正直者には褒美《ほうび》を与えるつもりでいたのに、そんな大事なことを言い忘れてしまうとは」

わざとらしい口調に、彼らは途中まで胡散《うさん》臭いものを見る目をしていたが、褒美という文言を口にした途端、その顔色が一斉に変わった。

それを確認したジェイドは鉄格子から離れ、松明を持ってそれらの様子を見ていたアベルの横を通りすぎ、牢にいる全員に聞こえるように声を張りあげた。

「俺が聞きたいことはただ一つ。この中の誰がエリックなのかということだけだ！」

地下牢全体が、その言葉で水を打ったように静まり返る。

昨日のアシュリーとのやりとりを明らかに反故《ほご》にした発言だったが、牢でひしめく人々をぐるりと見まわしても、それを咎《とが》めようとする者は一人もいない。皆、挙動不審に目を泳がせるだけだった。

――エリックがここにいると自白しているようなものだな。

喉の奥で笑いを殺し、ジェイドは声のトーンを落として話を続けた。

「現在の戦況はおまえたちも知ってのとおりだ。ここが落城したことが何を意味するのか、わからない者などいないだろう。……ならば、誰に味方したほうが得策だろうな？　おまえたちにだって大切な者がいて、それぞれの人生があるはずだ。要は何を守りたいかだと俺は思う。早くここから出て、家族と再会し、温かなベッドで眠りたいとは思わないか？」

そこかしこで息を呑む音が聞こえ、ジェイドは彼らの反応に目を細める。

動揺を誘うための言葉だとわかっても、家族や恋人、友人の顔がちらつかない者などいやしない。天涯孤独の身でも、何かしら大切なものはあるだろう。誰しも一人では生きられないのだ。

「ああ、それから我々にとって有益な情報なら、エリック以外のことでも歓迎しよう。もちろん、その者にも褒美を与える。一人ひとり別室で質問していくから、よく考えて答えを出すといい。——行くぞ、アベル」

「はっ」

すべて言い終えるとジェイドは身を翻し、アベルを従えてその場を離れた。

二人の靴音に紛れ、牢内のざわめきが耳に届く。

それを心地よく感じながら、ジェイドは口端をつり上げ地下牢から出ていった。


——その後の成果は予想以上だった。

ジェイドの垂らした甘い餌《えさ》に食いつき、エリックが牢内のどこにいたか、どんな服装をしているかはもちろんのこと、その性格や容姿、趣味嗜好まで事細かに教えてくれる者が続出したのだ。

頑固に口を割らなかった昨日の彼らはどこへ行ってしまったのか。

おかしくて吹きだしそうになるのを、ジェイドは何度も堪えなければならなかった。

そうなってしまうと、他の情報についても数多く提供されたのは言うまでもない。

既に知っている情報がほとんどだったが、印象的だったのは、思いのほかローランドの圧政《あっせい》に不満を持っている者が多く、話の合間に愚痴《ぐち》を零す様子が散見《さんけん》されたことだ。

そういった人々は金に目がくらんだだけでなく、戦況が悪くなるにつれ、この国に見切りを付ける時機を見計らっていたのかもしれない。

そして、それらの話の中でジェイドが最も興味深く耳を傾けたのは、アシュリーのことだった。

己の身を犠牲にしてエリックを庇《かば》い、この城の人々の解放を望んだ昨日の姿は、彼らの心に大きな変化をもたらしたようだ。彼女がこれまでローランドでどのように過ごしてきたかを切々と語りだす者は一人や二人ではなかった。

「――前にあの子のもとへ食事と服を届けたことがある。あんなに寂しい場所へ追いやられているのに、笑顔で話しかけてくるんだ。きっと話し相手が欲しかったんだろう。それなのに、俺はアルバラードの人間だからとまともに受け答えもせず、そうするのが当然だと信じて疑わなかった」

「後悔しているのか？」

「我々の味方をしてくれるとは思わなかったんだ。まさかあんなに綺麗な心を持った子だなんて知らなかった。きっと牢にいた皆が同じ気持ちでいるだろう。ああ、なんてことだ。俺はどうしてあの子に優しくしてやらなかったんだろう……」

こうして頭を抱える姿を見るのは、これで何人目だろう。

ジェイドは椅子に深く腰かけて頬杖をつき、何とも言えない気分で目の前に座る男の話に耳を傾けていた。

彼らの言葉の端々から、アシュリーを敵国の人間として何年も虐《しいた》げてきたことが伝わってくる。

――こいつらは、本当にそれが正義だと思っていたんだろうか？

もしそうなら、なかなか狂った世界だ。

ジェイドは視線を床に落とし、昨夜のことを思いだす。

言葉を呑みこみ、気持ちを押しこめようとするアシュリーの姿を何度か見たが、てっきりそれはジェイド自身に怯えているからだと思っていた。

もちろんそれもあるだろうが、原因はそれだけではないのかもしれない。こんな場所に居続ければ、どんな人間でも気持ちを表に出せなくなるのは当然だった。

しかし、そう思うのとは別に、たった一人で『北の塔』と呼ばれる場所に孤立させられていたことにも、ジェイドは違和感を覚えていた。

アシュリーを孤立させることに何の意味があるのかわからない。

敵国の娘といえども、彼女は王族の血を引いた人間だ。

北の塔に隔離したことにどんな政治的な意味があったのかと問いかけても、それについて彼らは答えを持っていないようだった。

「自らの意志で北の塔へ足を運んでいたのはエリック様だけだった。二人で空を見上げながら楽しげに話しているのを時々見かけたよ。気弱で頼りない跡継ぎだと彼を馬鹿にしていたが、彼女に対する優しさは人一倍だった……」

「おまえは、その優しい跡継ぎの情報を売ってもよかったのか？」

「仕方ないだろう。私には妻も子もいる。病気の両親も抱えているのに、綺麗事は言っていられない」

「なるほど」

ジェイドが相槌《あいづち》を打つと、男は溜息まじりに頷く。

その後は沈黙が続き、すべて話し終えたのだろうと理解し、ジェイドはそこで尋問《じんもん》を終わらせる。しかし、兵に誘導され部屋を出ようとする間際に、男は思い余った様子で振り返った。

「なぁ、あんた。昨日はあれからあの子に……」

男は語尾を濁《にご》し、窺うようにこちらを見ていた。

だが、それを知ってどうするというのだろう。

先ほどから何人もの人間にこんな表情を向けられたが、その善人面した顔にはいい加減うんざりだった。

せっかく穏やかに話を聞いてやっていたのだから、すぐに出ていけばいいのに。

そんなことを思いながら、ジェイドは微かに首を傾げて酷薄《こくはく》な笑みを浮かべた。

「ああ、気を失うまでやった」

「……っ!?」

「だが、それがどうかしたか？　おまえの人生に二度と関わらない女のことをそう気にするなよ」

「あ、あんた、悪魔か……」

「悪魔？」

「気を失うまでだって？　なんて酷いことを…ッ。どうしたらあんな純粋な子に手を出せるっていうんだ!?　獰猛《どうもう》な男だと噂されてはいたが、本当にとんでもない男だな！」

目を充血させて男は憤慨していた。

しかし、ジェイドはその言動にふっと表情を消して立ちあがる。

「な、なんだ」

これまでの比較的穏やかな雰囲気から一転して、突然見せた鋭い眼光に男は動揺しているようだった。

腰に下げた剣を抜いたわけでもないのに、一体何が怖いというのだ。

一歩ずつ近づいていく間、男は扉に背を押しつけ固まっていた。

ジェイドは男の肩が微かに震えだしたことに内心呆れながら、もう少しで身体が触れそうになる位置でぴたりと動きを止めた。

「なら聞くが、俺が悪魔ならおまえらはなんだ？」

「……え？」

「おまえの他にもアシュリーに対する後悔を口にする者は多くいた。皆で示し合わせて無視をした。聞こえるように陰口を言い、一人で所在無げにしているのを小気味良く思っていた。あぁ、腹痛を起こす薬を時々食事に混ぜて陰で笑っていたなんてのもあったか。他にもいろいろ言っていた気がするが、どれも似たような糞《くそ》みたいな内容ばかりだった。しかしあれだな、これだけのことを皆で寄ってたかってやってきたくせに、自分たちの味方だと思った途端心配してみせるだなんて、おまえらは随分都合のいい良心を持っているんだな」

「そ、それは……」

男は目を泳がせ、気まずそうにしている。

自分たちがどれだけ簡単に手のひらを返しているのか、その卑劣《ひれつ》でくだらない行為をどれほど愉しんでやっていたのか彼らはまったく自覚していない。

それで善人面をされても虫酸《むしず》が走るだけだ。

ジェイドは男に顔を近づけ、目を見開いて声を荒《あら》らげた。

「この国に来たとき、アシュリーはまだ十歳だった。なにも好きこのんでここに来たわけじゃない。母が敵国の男に望まれ、無理やり連れてこられたんだ。それでも突然変わった環境の中、懸命にこの地に馴染もうと努力してたんじゃないのか？　そんな子供に対して、当時は良心の呵責《かしゃく》もなかったとおまえらは言った…ッ！　……なぁ、そう言ったあとに、皆が皆、すまないことをしたと俺の前で懺悔《ざんげ》を口にするのは何のつもりだ？　まさか、その気持ちを俺があいつに伝えると思っているのか？　だとしたら、ここは最低なクズの集まりだな。冗談じゃない。人に頼らず自分でやれよ。できないなら口に出すな。一生心の中で懺悔してろ！　人を悪魔などと罵る前に、自分の胸に手を当ててよく考えてから物を言え!!」

「ひ…ッ!?」

ジェイドは感情のまま言葉を吐きだし、男の顔の横に拳を打ちつけていた。

壁にヒビが入り部屋が微かに揺れる。

この先何があろうと、それはジェイドとアシュリーの問題であり、彼らには何の関係もないことだ。

何も知らない連中に容易く口を出してもらいたくはない。

その責任はすべて取るつもりでいる。これまでずっと、そうやって生きてきた。

静まり返った部屋。誰も何も言わない。

しかし、程なくしてジェイドは壁に打ちつけた己の拳を自分の口元に近づけ、手についた白い粉にふっと息を吹きかける。それが顔にかかったようで男は僅かに咽《む》せていた。

「……あぁ、この城、見た目よりかなり脆いな。それほど強く殴ってないのに壁がヒビ割れるとは、随分老朽化《ろうきゅうか》が進んでいるようだ」

そう呟くとジェイドは男から離れて、元いた場所に引き返す。

どっかりと深く椅子に腰かけて足を組み、いまだ扉の前で固まっている男に目もくれず、兵に目配せをして退出を命じた。

怯えた背中を見送り、ジェイドは大きく息をつく。

斜め後ろには微動だにせず直立したアベルがいる。振り向くと小さな溜息をつかれたので鼻で笑ってやった。

「俺は城の老朽化を心配しただけだぞ？」

「そうですね」

自分の拳を撫で、適当に話をごまかすとアベルもまた適当に話を合わせてくる。

だが、今のやりとりでアベルには何か思うところがあったらしい。特に表情を変えることはなかったが、一拍置いて提案を口にしてきた。

「ところで、エリックの尋問は私に任せていただけませんか」

「おまえに？」

「見たところ、ジェイド様はかなりお疲れのご様子。相手の機嫌を損《そこ》ねず、恐怖も与えずに話を聞きだすのは私のほうが得意です」

「俺は正直者で、我慢も苦手だからな」

「そのようで」

頷くアベルにジェイドは浅く笑った。

先ほどの男にはつい声を荒らげてしまったが、これでも随分辛抱《しんぼう》したのだ。

とはいえ、挑発的なことを言っては他にも何人も怒らせているので、実際こういうことが向いていないのは自分でもわかっている。

ジェイドは足を組み直し、気を取り直して扉に立つ兵に声をかけた。

「エリックを連れてきてくれ。残った一人がそうだ」

「はっ」

「ジェイド様……」

「彼に聞きたいことがある。そのあとはおまえに任せる」

「ありがとうございます」

礼を言って引き下がるアベルを横目にジェイドは宙を仰いだ。

それからは会話も途絶え、無人のように静かになった部屋で退屈なときを過ごした。

しかし、エリックが連れてこられるまでさほど時間はかからず、その姿を目にしたジェイドは不敵な笑みを浮かべて立ちあがった。

「おまえがエリックだな」

「……そうだよ」

あっさり認めたエリックは、証言どおり気弱そうな男だった。

そこそこの容姿、標準的な背丈。焦げ茶色の髪を後ろで束ねて、少々薄汚れてしまった仕立てのいい服を身につけているが、すれ違っただけなら素通りしてしまう程度の存在感だ。

――あのブルーノの息子とは思えない凡庸《ぼんよう》さだな。

ブルーノは自らの権力を最大限に利用して傲慢に振るまい、他者を貶《おとし》めるのを厭《いと》わない男だった。権力欲や支配欲が強く、この国を裏で牛耳《ぎゅうじ》っているのはブルーノなのではと噂されるほどだったのだ。

「もしかして、僕が本当にブルーノと血が繋がっているかを疑ってる？」

「いや」

「別に気を遣わなくていいよ。初対面の人は大抵君と同じような反応をするんだ。もう慣れてしまったけどね」

「……」

「そんなことより、君の噂はかねがね耳にしているよ。ジェイド、君はアルバラード王の甥なんだってね。君が前線で軍を指揮しはじめて、たった二年でローランドがここまで追いこまれてしまった。次期王を狙っているなら、きっとなれると思うな」

「……それは王の息子がなる。彼らもこの戦いで武勲《ぶくん》をあげているから何の問題もない」

「そうなんだ。だけど、未来なんて誰にもわからないんだから諦めないほうがいいよ。君だって王位継承権を持つ一人でしょう？　僕もそうだけど、君とは大違いだなあ」

エリックは肩を竦《すく》めて苦笑を浮かべている。

変なやつ、と思いながらジェイドはその様子をじっと観察していた。

状況を理解しているはずなのに特に緊張した様子もなく、極めて普通の状態でそこに立っている。凡庸な印象は消えないものの、あまりに普通すぎるのが目に付く。腹の中で何かを企んでいる可能性は充分にあった。

「座っていいかな。君が僕を尋問するんでしょう？」

「ああ、俺はいくつか疑問を解消したら出ていく。尋問は得意じゃないんでな」

「そう、僕で知っていることならいいけど」

エリックは飄々とした様子で行儀よく椅子に腰かける。

そんな彼の斜め前に立ち、ジェイドは先ほどからずっと疑問に思い続けてきたことをまず初めに問いかけることにした。

「アシュリーが一人で北の塔に追いやられた理由を聞きたい」

すると、エリックは僅かに表情を硬くする。

やはりそれなりのわけがあるということだろうか。

何となくそう感じていると、エリックはやや迷う様子を見せながら口を開いた。

「……あの場所に孤立させられたのは、確か義母上の強い要望だったはずだ。父上は女癖が悪くてアシュリーにも強い興味を持っていたから、娘に取られるのが嫌だったんじゃないかな。子供ができてからも父上の寵愛が欲しくて、夜ごとお誘いしていたなんて噂もあるくらいだし」

「嫉妬で孤立させられたと？」

「はっきりしたことはわからない。けど、父上がいずれアシュリーを自分のものにするつもりでいたのは本当だ。少し前に父上の腹心たちが話しているのを偶然聞いてしまったんだ。大人と認められる十八歳になったらアシュリーを北の塔から出して、愛人として囲うための屋敷を用意するって……」

ぼそぼそと話すその内容にジェイドは喉を鳴らした。

だが考えを巡らせようとしたところでエリックの視線が妙に気に障った。観察していたはずが観察されている気分になり、早く終わりにしてしまおうと事務的に話を進めることにした。

「もう一つ聞きたいことがある。二年前、、、、、、二年前の王都での事件についてだ」

「二年前？　ああ、君の父上の……」

「そうだ。あれにおまえの父親が関わっていたという噂を聞いた」

「……ああ。そう、だね。その噂は聞いたことがあるけど、事実はわからないな。父上の腹心たちならよく知っていると思うよ。君たちが捕らえた中にいるかもしれないね」

「それを教える気はあるか？」

「僕の身の安全を保障してくれるならね」

エリックはにっこり笑って頷く。

思ったよりしたたかな男なのかもしれない。

自分にとって何が利になるのか、彼はとてもよく理解しているようだった。

「それは保障しよう。俺からは以上だ。とても参考になった」

そこで自分の用は終わったとジェイドは部屋を出ていこうとする。

しかし、扉に手をかけたところで、引き止めるかのような早い口調でエリックから問いかけられた。

「ジェイド、君はアシュリーをどう思ってる？」

「……どうとは？」

「それは恋愛感情？」

エリックは身を乗りだしてこちらを見ている。

その瞳の中に見え隠れする、どろっとした劣情の欠片。

彼自身がアシュリーに何を求めているのか、彼女を抱いたであろうジェイドを妬《ねた》み羨む負の感情がその身の奥で揺らいでいるようだった。

「おまえに答える義理はないな」

「……」

「アベル、あとは任せた」

「はい」

ジェイドはそれだけ言い残すと足早に部屋をあとにした。

扉を閉める瞬間までエリックのもの言いたげな視線が纏わりついていたが、石の階段を勢いよく駆けあがることで振り払う。

この城の中で渦巻くどす黒い思惑。

既に主はいないのに残骸が蠢《うごめ》いているようで不愉快極まりない。

陽が差しこむ広いフロアに辿りつくと、ジェイドは立ちどまることなくそこから続く廊下に向かった。

「結局、北の塔に追いやった本当の理由はなんだよ……」

一人呟きながら、無駄に広い廊下を足早に通り抜けていく。

書庫、談話室、厨房と、そこから続く大食堂。

途中通りかかったその場所をすべて確認してからさらに廊下を進んでいくと、程なくして中庭が見えてくる。手入れの行き届いたその景色を眺めながら、少し先にある開放的で巨大なホールまで足を延ばしてそこでようやく立ちどまった。

開放的だと思ったのは、このホールに扉がないからだ。

廊下からでも中庭からでも、他の通路からでも中の様子が窺える。この城が主を失う前はさぞ賑やかな場所だったに違いない。

しかし、ジェイドはそこで一つだけこの場所に扉があったことに気がつく。

一見しただけでは見過ごしてしまうほど壁と同化して目立たないが、その扉を開けると細い渡り廊下があり、それが北の塔へと続いていたのだ。

「……北の塔へは、ここからしか行けないのか？」

見たところ、他の場所から続く道はない。

ジェイドはホールの中ほどまで戻って立ちどまり、腰に手を当て考えこむ。

自分たちが放った火矢であちらこちらに燃えた痕跡《こんせき》があるのを目にしながら、今度はホールに続く別の通路に顔を向けた。

思いだすのは、あの通路いっぱいに転がったローランドの兵士の屍。

ブルーノやフェリスもあそこで死んだ。

「おい、ちょっと頼みがある！」

と、そのとき、たまたま廊下を通りかかった兵士が視界に入ったので、ジェイドはすかさず声をかけた。

「——え？　あっ、ジェイド様ッ！」

兵士のほうは、相手がジェイドと気づくや否や、素早くこちらへ駆け寄ってくる。すぐに目の前に立ち、びしっと両足を揃えて完璧な敬礼をしてみせた。

「アシュリーをここから続く北の塔へ連れてきてくれないか」

「はっ、了解しました！」

塔へ続く扉を指差すと、ホール内に兵士の声が大きく響く。

回れ右をして去っていくその背中を見送ってから、ジェイドは北の塔へ続く扉へと向かった。

扉を開けると冷たい風が吹き抜け、胸まである銀髪が大きく揺れる。

長い渡り廊下をゆっくり進みながら空を見上げ、鳥のさえずりに耳を傾けた。

——北の塔は本来、倉庫などの目的で建てられた場所だったのか？

辿りついた先の寂れた塔の前でジェイドはしばし考えを巡らせていたが、やがてその中へと足を踏み入れた。

ギ…と軋む音を立て、開けた扉をくぐる。

ぐるりと中を見まわすと、テーブルと椅子が一脚、それから衣裳掛けに籠が一つあるだけのがらんとした印象の部屋が目に飛びこんできた。籠の中を見てみると、アシュリーが日中着ていたと思われる服が綺麗に畳んで入れられてあり、唯一そこだけには生活感があったが、人が住んでいたというにはあまりに物がなく、お世辞にも住みやすそうには見えない。そのことに眉をひそめつつ、部屋の中を彷徨《さまよ》っていると上へ続く階段を見つけた。

ジェイドは引きよせられるようにその階段を上っていく。

辿りついた先も先ほどと同じくらい物がない。窓際にベッドがぽつんと一つ置かれてあるだけだった。

何とも言えない気分になりながら、ジェイドはベッドの前に立つ。

空気を入れ替えようと窓を開け、外に目をやると城の外壁が見えた。それを横目にベッドに腰かけ、もう一度部屋の中をぐるりと見まわす。

不意にベッドに投げだした手に何かが当たり、何気なく目を向ける。小さな櫛が枕の横に転がっていて、それを手に取ろうとしたところ、枕の下から白い紙が少しはみでているのが見えた。

「これは……」

その白い紙は封書のようだったが、なぜか二つに破かれている。

ジェイドは首を傾げ、中の手紙だけをそれぞれ取りだしてそっと広げた。


『――お母様、元気でお過ごしですか。北の塔はとても見晴らしのいい場所です。是非一度遊びにいらしてください。お話がしたいです。アシュリー』


一見明るい文面で書かれた手紙には、会いたいと願う気持ちが溢れていた。

少しの間それをじっと見ていたジェイドだったが、折り畳んで封筒に戻し、見えないようにそれを枕の下へと差しこむ。破ったのにはそれだけの理由があるのだろう。勝手に読んでいいものではなかった。

ジェイドは吹き抜ける風を感じて窓の外に目を向ける。

ここが見晴らしのいい場所？

とてもそうは思えない。窓から顔を出せば遠くの穏やかな景色をかろうじて見られるが、そうでもしなければ城の外壁しか見えないのだ。

「ここは、何もかもがくすんで見えるな」

ジェイドは何度目かわからない溜息をつく。

とても窮屈で寂しい。

時折、城の中を通りすぎる人影が見えるのが、余計に孤独を感じさせた――。

＋　＋　＋

一方その頃、とうに目が覚めていたアシュリーは、部屋にやってきたクリスと積み木遊びをして過ごしていた。

クリスは随分落ちついたようで、泣きだす様子は見られない。

そのことに多少安堵しながら二人で簡単なものを作りはじめたが、次第にクリスが作ったものが何かを当てる遊びへと変わっていった。そうして彼が黙々と作業している間、アシュリーはぼんやりしながら先ほど自分が目覚めたときのことを思いだしていた。

――ジェイドはどこへ行ったのだろう。

目が覚めると既に彼の姿はどこにもなかった。

自分が眠っていた場所以外は冷たくなっていたので、ジェイドがいなくなってから、かなりの時間がたっていたのかもしれない。

なのに、不思議と寂しい朝ではなかった。

裸のまま眠ってしまったアシュリーの上には毛布がかけられていて、枕元には着替えが用意されていたのだ。

彼に優しさを感じるのは間違っているだろうか。

だけど、もう何年も誰かにそんなふうにしてもらったことがなかったから、たったそれだけのことがアシュリーは嬉しくて仕方なかった。

「できたよ」

クリスの声でハッと我に返る。

起きてから何度同じことを思いだすつもりだ。アシュリーは自分に呆れ、クリスの作ったものを慌てて確認したが、すぐに答えは出なかった。

「これは何かしら……？」

「お城の中」

「このお城？」

「うん。母上と過ごしたお部屋」

言われてみると、平面上に並べられた積み木が部屋のように見えなくもない。

その上に置かれた横長の積み木は何だろう。ソファやベッドだろうか。

自分がぼんやりしている間に、クリスが母との思い出の場所をせっせと作っていたと知り、アシュリーの胸は摑まれたように痛くなった。

「クリス」

「なぁに？」

「あなたはジェイドが憎い？　彼を…、許せないと思う？」

クリスは目をまんまるにして動きを止めた。

ぱちぱちと瞬きをしてじっとアシュリーを見ていたが、結局何も答えずに彼はまた積み木を重ねていく。

どうして何も答えないのだろう。

考えてみるとクリスは昨日の朝、部屋にいたジェイドと鉢合わせしたにもかかわらず、少しも怖がる様子を見せなかった。

その後、アベルのもとへ一緒に向かったときもそうだ。

寝ぼけていたとも思えず、なんだか妙に引っかかる。

もしかして、あまりにショックな出来事で記憶が飛んでしまった……？

「ねぇ、クリス」

「うん？」

「あ…、ううん。その、なんでもないの……」

言いかけた言葉をアシュリーはすぐに呑みこむ。

深く考えずに、あの通路で起こったことを聞こうとしてしまった。

まだ何日もたっていないのに、それはさすがに配慮がなさすぎるだろう。

落ちついたように見えても、まだ表面的なものにすぎない。クリスの心の傷が開いたらどうするのだとアシュリーは自分の浅はかさを強く反省した。

——コン、コン。

そこへ扉を叩く音がしたので、アシュリーは気持ちを切り替えてサッと立ちあがる。

扉を開けると、そこにはどこか緊張した面持ちの兵士が直立不動で立っていた。

「ジェイド様が北の塔でお待ちです。一緒に来ていただけますでしょうか」

「北の塔へ？　あ、でもクリスが一人になってしまうのだけど……」

「ご心配にはおよびません。遊ぶ相手を用意いたしますので！」

「ありがとう」

礼を言うと兵士は一瞬だけふにゃっと顔を崩して笑ったが、すぐにキリッと顔を引きしめて一歩下がる。

部屋を出るよう促され、アシュリーは素直に従った。

「クリス、すぐに誰か来るからね」

「うん」

北の塔で何の話をするというのだろう。

先導する兵士の後ろでその意図を考えていたが、結局目的の場所に着くまで答えは出なかった。

＋　＋　＋

数日ぶりに戻った北の塔は妙に寒々しかった。

もともと人の温もりを感じる場所ではなかったが、ここで過ごしていたのがなぜだかずっと昔のことのようで、とても言葉にしがたい気分にさせられた。

「アシュリー様をお連れしました！」

「あぁ、ご苦労」

ジェイドは二階のベッドに座って外を眺めていた。

兵士は彼のもとへアシュリーを連れていくと、一礼してすぐに部屋を出ていく。

程なくして扉が閉まる音が聞こえ、徐々に足音が遠ざかるのを耳にしながら、アシュリーは彼の横顔をじっと見つめていた。

「捕らえられた人たちはもう全員解放されたの？」

「……今日中には」

「そう」

その言葉にほっと息をつく。

これでエリックは無事にここから出られる。

「アシュリー、ここへ」

「……？」

「ここだ」

首を傾げるとジェイドは自分の横をトントンと叩く仕草をした。

隣に座れということだろうか。

何となく理解してそろそろとベッドへ近づき、アシュリーは彼の隣に遠慮がちに座った。

「……おまえはエリックが好きなのか？」

「え？」

思わぬ質問に目を見開くと、気のせいか不機嫌な顔を向けられた。

――私がエリックを好き？

どうしてそんな疑問を持たれているのかわからない。戸惑いを顔に浮かべると、ジェイドは大きな溜息をついた。

「おまえは、この場所で何年も一人で過ごしてきたんだろ。その間、エリックが頻繁に来ていたみたいじゃないか」

「そうだけど……」

捕らえた人々から、そんな話まで聞きだすものなのね……。

自分の知らないところでのやりとりに複雑な気持ちがしたが、ジェイドが何を言いたいのかそれでわかった。頻繁に会ううちに恋心が芽生えたのではと、彼はそんなふうに思っているのだろう。

確かにそんな気持ちが芽生えても不思議ではない環境だった。

だけど、アシュリーには心の中でずっと追いかけていた人がいた。他の誰かに気持ちがいかないほど、毎日その人を追いかけてばかりだった。

「……エリックは好きだけど恋ではないわ」

アシュリーは消え入りそうな声で答える。

ずっと好きだったのはあなただと、心の中でもう一人の自分が泣いていた。

「ならエリックのほうは？　何か言われなかったのか？」

「それは…」

ジェイドはやけに食い下がってくる。

そんなことを聞きだしてどうするのだろう。

おかげでエリックに好きだと告白されたことを思いだしてしまった。少し顔が熱くなったのを見られたくなくて、アシュリーはジェイドからサッと顔を背けた。

「おい、勝手に俺から目を逸らすな」

　すると、ジェイドはアシュリーの顎を摑んで強引に自分に向けさせる。

「――んんっ!?」

　その途端、前触れもなく唇が重ねられ、目を丸くしているとそのままベッドに押し倒されてしまう。

「まったく、信じられないほど隙だらけだな。これじゃ、唇を奪われる程度のことはエリックに限らずされたんじゃないのか？」

「ひ、ひどいわ。そんなのあるわけないものっ」

「なんでだよ」

「だって話しかけなければ誰も私と話そうとしなかったし、わざわざ会いに来てくれたのはエリックだけだった。そのエリックにだって、せいぜい手を握られたことがあるくらいで……」

「手ぇ？　好きでもない男になんで握らせるんだよ」

「そうじゃないわ…ッ。気がついたら握られてただけで」

「だから隙だらけだって言っただろ」

「そんなの今注意されても……」

た。

そもそも、ここまで追及される意味がわからず、アシュリーはただ困惑するばかりだった。

「だったら、どうしてそんなに怖い顔をしているの。

「わかってるよ」

「……わかってるんだよ」

そんな気持ちに気づいてか、ジェイドはむすっとしながらもう一度呟く。

アシュリーの手を握り、彼の口元に運ばれて、指先にそっと唇が押しつけられた。

「んっ」

そのまま軽く歯を立てられ、必要以上に心臓が跳ねあがる。

包みこむ手も、唇から漏れる息もやけに熱い。

もう片方の手で顎を撫でられ、首筋も同じように触れられて背筋がぞくんとした。

「あぅ…ッ」

思わず甘い声が出てしまい、小さく笑われ顔が熱くなる。

その間、彼の指先は服の上から乳首を探りはじめ、すぐに見つけた突起を指の腹で意地悪に捏ねまわし、そのたびにビクビクと反応してしまうアシュリーの様子を愉しんでいるようだった。

ここでまたジェイドに抱かれるのだろうか。

一度で終わる関係ではなかったのかと思いながらも、昨晩の情事が強烈に頭を過《よぎ》り、自然と息が上がっていく。

「アシュリー」

「ん…」

「おまえ、アルバラードでのことは、もう忘れたか？」

「……っ」

その突然の問いかけにアシュリーはビクンと肩を震わせる。

どうしていきなりそんなことを聞くの？

忘れられるわけがないじゃない。

けれど、それを口に出せば感情が堰を切って止まらなくなりそうだった。

唇を引き結び、溢れでそうになるものを堪えていると、指先で乳首を弄んでいたジェイドはその動きを止め、ふいっと窓の外に顔を向けた。

「まぁ、おまえがここでどう過ごしてきたのかは、ここから外を眺めているだけでも大体想像できた。少し話を聞けば、ローランドの連中と仲良くしようと必死だったこともわかる」

「な、仲良くって…」

「さっき自分で言っていただろ。〝話しかけなければ誰も私と話そうとしなかった〟要するに、あれがすべてなんじゃないのか？」

「……っ」

「おまえはずっと爪弾《つまはじ》き者にされてきたんだ。だから、わざわざ会いに来てくれるエリックと話すのが唯一の楽しみだった。ぼんやり二人で空を見て、たわいない話をして、また今度と去っていく背中を見送る。夜が来ればこのベッドで眠りに就き、また同じ朝がやってくるのを待った。朝が来れば誰かが配膳にやってくる。その誰かにおまえはまた必死に話しかけ、案の定無視されて落ちこみ、またぼんやり一日を過ごす。世の中がどう動いているかも知らされず、ただ衣食住を与えられるだけの日々。おまえはあくびが出るほどつまらない毎日を延々と繰り返していただけだ」

「そ、…な、こと」

「違うのかよ」

「……」

まるで見てきたみたいな言われようだ。

何のつもりでそんなことを想像したのか知らないが、この七年を無駄に過ごしてきたと言われたみたいで悔しかった。

なのに言葉が見つからない。

何もかもそのとおりだったので黙るしかなかった。

——なら、どうすればよかったの？

知らないくせにわかったように言わないでほしい。

できることなんてほとんどなかった。唯一できたのが、虐げられる日々をひたすら我慢して自分を押し殺すことだった。

「……おまえ、本当につまらない顔をするようになったな」

無言でいると、ジェイドは溜息まじりに呟く。

昨夜に続いて二度も同じことを言われてすごく惨めな気にさせられた。

そんなに酷い顔ならこんなに近づいて見なければいい。アシュリーは唇を震わせながら彼から顔を背けようとした。

「変なふうに取るなよ。そういう意味じゃない。それくらい、わかれよ」

けれど、顔を逸らした途端、ジェイドはアシュリーの顎を上向かせて強引に元に戻してしまう。

だったら教えてくれればいいのに。何の説明もせずにそれだけ言われてもわからない。

不満げな顔で見下ろされ、アシュリーは困惑するばかりだった。

「あぁ、もういい。直接口で言い返せないなら行動で示せばいい。そのほうがよほどわかりやすい」

ジェイドは面倒臭そうに息をつく。

何の話かわからずその顔を見上げていると、彼はアシュリーの両手を掴み、あろうことか、その手で自分の首を絞めさせてきたのだった。

「え、なに、なにをしてるの？」

「俺が憎いなら抵抗してみせろ。そうしなければ、俺はこれからおまえを抱く」

「え…？」

「おまえは俺に純潔を捧げた。その時点で、もう昨日の話は終わっている。俺は嫌がる相手を抱いたりしない。だから拒絶すればそこで終わりだ。嫌なら嫌とそう示せ」

「……っ」

——拒絶すればそこで終わり？

アシュリーはごく、と喉を鳴らし、首を絞める自分の手を食い入るように見つめた。

確かにこのまま首を絞めれば、非力な女でも抵抗を示せるに違いない。

しかし、急にそんなことを言われても、どうすればいいのかわからない。

すっと伸びた首を左右の手で絞めていると、脈の動きが生々しく伝わってくる。

上下するこの喉仏に触れる自分の親指に、どれだけの力を加えれば息が止まってしまうのだろう……。

考えただけで腕が震え、ガチガチに固まり身動きが取れなくなっていく。

「深く考えるなよ。思うままに絞めればいいんだ。また抱かれてもいいのか？」

ジェイドは何を考えているの。

首なんて絞めて、もし死んでしまったらどうするの？

だが、そう思う一方で、出すべき答えはアシュリーにもわかっていた。

ジェイドは母の敵かもしれないのだ。これ以上身体を重ねてはいけないに決まっている。

震えている場合じゃない。躊躇してはいけない。

過去の面影に今の彼を重ねてはいけない。

早くこの首を絞めてしまわなければ、ジェイドを受け入れたことになってしまう。

震える親指に力を込めようとする。

手のひらを強く首に巻きつけようともした。

「……ふ、うぅ」

けれど、何度言い聞かせてもうまくいかない。

身体に力は入るのに、どうやっても手だけは力を入れられないのだ。

——だって、どうしたら彼を憎めるのかわからない……。

アシュリーは首を絞めていたはずの手を、いつの間にか離してしまっていた。

「ばかなやつ……。せっかくの機会だったのに」

ふっと表情を緩め、少し呆れた様子のジェイドに笑われて、やけにほっとしている自分がいた。

いまだぶるぶる震えているアシュリーの腕を掴み、彼はその手を己の頬に押しあてる。

見つめ合い、何も答えずにいると今度はその手を肩に触れさせた。

「この手は俺の背中に回しとけ」

その瞬間なぜか震えが収まり、そのことに驚きながらも、アシュリーは自らの意思でおずおずと彼の背に腕を回す。

途端に唇が重ねられ、ジェイドの舌で強引に口をこじ開けられた。

「ぁ、う…」

舌先で上顎を突かれ、くぐもった声を上げる。

すると、大きな手がスカートの中に忍びこみ、いきなりお尻を触られた。

「んん」

アシュリーは突然そんな場所を触られてびっくりしたが、その手は何の遠慮もない様子で堂々と柔らかな肉の感触を愉しんでいく。

そうしてひとしきりお尻を揉んで満足したのか、今度は指先がお腹へ向かい、下腹部を撫でられる。ぞくぞくして腰をくねらせると、その隙に辿りつかれた薄い繁みを指でくすぐられた。

「ん、んう…っ」

しかし、さらに腰をくねらせたところ、くすぐっていた指が陰核に当たってしまう。

突然の強い刺激に、アシュリーは激しく身体をびくつかせた。

「おまえ、自分がどんな状態かわかっているのか？」

「ふぁ…っ。な、に？」

「すごく濡れてるぞ。なんだこれ。昨日、そんなに気持ちよかったのかよ？　思いだしてこんなになっているのか？」

「……っ」

「この音、聞こえるよな？」

「やっ」

ジェイドはわざと音が出るように中心を擦り、アシュリーの顔を覗きこむ。

途轍《とてつ》もない羞恥を感じて逃げようとするも、また唇を塞がれて動きを封じられ、擦っていた指をずぶずぶと身体の中へと入れられてしまった。

「んん…ッ」

こんなに性急なのに、痛みも苦しみもほとんどない。

ジェイドはものすごく愉しそうな目をしていた。

昨日の今日なのに、既にこんなに濡れてしまっているのを笑っているのだろうか。

だけど、自分にだってわからない。

なんだか変なのだ。ジェイドに触れられるだけで勝手にこうなってしまう。

「ちゃんと、気持ちいいんだよな?」

「は、ぁ…ッ、あう…んッ」

ジェイドは唇を離し、アシュリーの頬に口づけて耳元で囁く。

喉の奥で笑っている声が聞こえた。それは彼が心から愉しいときにする笑い方だった。

あぁ、どうしよう。心がざわついて苦しい。

だって、欲しかったものがそこにあるみたいだ。

「アシュリー、もう余計なことは考えるなよ」

「ジェイ、ド」

「お互い、そんな余裕ないだろ?」

「ああ…ッ」

ジェイドはそこで、中を行き来させていた指を引き抜く。

淫らに光る眼差しでアシュリーを見つめると、濡れたその指をベロリと舐め、口端を引きあげて意地悪に笑う。

よく見れば彼も微かに息を乱している。

もしかして、ジェイドのほうも本当に余裕がないのかもしれなかった。

「……物足りないなら、あとでまたイヤっていうほど舐めてやるから」

ジェイドはそう囁くと、僅かに着衣を乱しただけでアシュリーにのしかかる。

抱きしめるのと同時に彼の猛ったものが中心に押しあてられ、少しだけ緊張が走った。

けれどすぐに挿入されることはなく、その先端でぐちゅぐちゅと音を立てながら入り口付近を何度も掻き回される。

「あ、あっ、そんなに、されたら…っ」

お腹の奥がぞくぞくとして切なさが募っていく。

背中に回した腕に力を込めると彼の熱い息が耳にかかり、びくんと肩を震わせた。

その拍子にジェイドはぐっと腰に力を入れ、アシュリーの奥へ向かって一気に突き入れたのだった。

「あぁあ…ッ」

アシュリーは喉を反らし、甲高い嬌声《きょうせい》を上げる。

愛撫なんて指で少し掻き回されただけだ。

なのに、ふしだらに濡れそぼった内部は彼を受け入れる。圧迫感はあれど、苦痛を伴うものとは明らかに違っていた。

「アシュリー、腕を上げて。服を脱がしてやる」

「ん、んぁ…っ」

アシュリーは促されるままに両腕を上げる。

その様子に目を細めたジェイドはエンパイアドレスの腰紐をするすると解いていく。深く繋がった状態でアシュリーの身体を抱き上げ、自分の太ももの上に乗せると、器用に服を捲りあげていった。

「ふ、あぁ、…ん」

太もも、腰、豊かに成長した胸。

徐々にあらわになっていく肌は、興奮でうす桃色に色づいている。

やがて服が首を抜け、腕を抜けてアシュリーは生まれたままの姿になっていく。

ジェイドは脱がした服を放り投げ、頭上にやったアシュリーの手首を摑んで二の腕の柔らかい部分に口づけた。

「ん…っ」

少し強く吸われ、声を上げるとその場所を舌先で舐められ、違う場所へ移動していく。

そのたびにまた強く吸われて、肩や胸にも赤い痕が増えていった。

「痛いか？」

「……ううん。この痕、なに？」

「さぁ、なんだろうな？　腕、もう下げていいぞ」

「うん」

素直に頷き、何も考えずにジェイドの身体に抱きつく。

そうすると彼は小さく笑って、より密着するように腰を引きよせた。

「んん…っ」

「動いてもいいか？」

「つん、…あぁ、う」

「中、擦ってもいいよな？」

「あぁ…ッ」

聞かれるたびにコクコクと頷いたが、その数だけ下から強く突きあげられる。

揺れる胸を彼の手のひらが包みこみ、親指で乳首を捏ね回された。同時に首筋から鎖骨へ向かって唇が押しつけられ、親指で捏ね回していた乳首に辿りつくと固く尖らせた舌で小刻みに嬲られる。

そうされているうちにお腹の奥が切なくなってきて、アシュリーは無意識に自分の胸を彼の顔に押しつけてしまっていた。

「アシュリー、苦しい」

「ご、めんなさ…、ふぁ…ッ」

謝ろうとするが、ぴんと尖った乳首をべろりと舐められ、腰まで揺らされて最後まで言えない。

自分で自分が何をしているのかわからない。

ねだるように彼の唇に胸を押しつけ、奥を突きあげられると彼を締めつけて自らも腰を揺らしてしまう。そのたびに繋がった場所が激しく音を立て、迫り上がる快感に内股をぶるぶると震わせていた。

「――くッ」

「ん、あう、ああ…ッ」

「……ッ、お、まえ…、中、あんまり動かすな。それか、ちょっと加減しろ…ッ」

夢中でその動きを続けていたら、苦しげに息を弾ませた彼にじろりと睨まれてしまった。

意味がわからず、アシュリーは眉を寄せた。

だって加減しろと言われてもわからない。腰を揺らすのを止めてくれないので自分ではどうすることもできないのだ。擦られるたびに勝手に中が動いてしまうのに、一体どうすればいいのだろう。

「ふ、んんぅ、んーッ！」

ところが、そうこうしているうちにジェイドは息を震わせ、唐突にアシュリーの唇にかぶりついてきた。

その勢いでベッドに押し倒され、脚を左右に大きく広げられる。恥ずかしくて閉じようとしたが身体を挟みこまれてしまい、さまざまな角度から強弱をつけて奥を突かれた。

「あう、あぁっ、やぁ…ッ」

徐々に律動も速められ、迫り上がる快感にも一層追い詰められていく。

アシュリーはその快感から逃げるように身を捩《よじ》らせた。彼はそれを引き戻すことはしなかったが、その代わりに片脚を持ちあげ、うつ伏せにして、背後から激しく腰を打ちつけてくる。

「あぁあーッ」

弓なりに背を反らし、アシュリーは悲鳴のような嬌声を上げた。

目の前が白くなってきて、お腹の奥から湧きあがってくる熱に身悶え、その狂おしいほどの熱から距離を取ろうともがきながら前に進んでいく。

「行かせない…っ！」

だが、ジェイドはそんなアシュリーを逃がしてはくれない。

後ろから強く抱きしめられると二人してベッドに倒れこむ。彼の腕でがんじがらめになりながら、なおも続けられる律動で次第に下腹部がひくひくと痙攣しはじめ、息をするのも苦しいほどになった。

「ひぅ…ッ、やッ、やぁ、あぁあ…ッ」

もがくこともできず、アシュリーは彼の腕の中でひたすら喘ぐ。

何度も何度も同じ場所ばかりを擦られて、ぷつんと何かが弾けてしまいそうになる。

それが怖くて必死で堪えていたのに、熱い息が耳元にかかった瞬間、ギリギリのところで堪えていたものが、自分の意志では止まらないところまで一気に押しあげられてしまった。

「やぁ、あぁうっ、あ、あぁッ、あああぁあ――ッ！」

アシュリーは襲いくる絶頂の波に掠れた嬌声を上げ、額をベッドに押しつけながら全身をがくがくと震わせた。

その間も中を行き交う熱はとどまることを知らず、激しさを増していく。

程なくして訪れた断続的な痙攣で一層の快感に追い討ちをかけられ、言葉もなくただ唇を動かしていた。

「ひ…ッ、あ、……ッ、っは、……ぁ」

「――ッ、アシュリー…ッ！」

ジェイドの乱れた息が首にかかり、耳たぶを甘噛みされる。

そんな刺激さえも快感となり、後ろから打ちつけられる熱い楔《くさび》を強く締めつけると、彼は苦しげな息づかいでアシュリーを抱え直す。身体の奥深くを貫く欲望は、僅かな隙間もなくなるくらいに膨らんでいた。

「ひぁ…ッ！　ん、あぁ…ッ」

これ以上されたら壊れてしまう。

しかしそう思った直後、彼の掠れた呻き声が聞こえた。

「――ッ」

ジェイドの身体はびくびくと震え、間を置いて最奥に熱が広がっていく。

その熱で彼が果てたことを知り、アシュリーは喉をひくつかせながら胸を撫でおろす。

永遠に続くかと思われた激しい律動も、それと同時に緩やかになり、ジェイドはアシュリーの首筋に口づけながら何度か大きく腰を打ちつけ、ようやくその動きを止めた。

「ぁッ、はあ…ッ、ッは、はあ…っ」

互いの乱れた息がしばし部屋に響いていたが、ややあって繋げた身体を離すと彼はベッドに身を沈める。

アシュリーのほうは、背後の熱が消えたことに妙な喪失感を覚えていたが、その一方で、たった今まで繋がっていた場所がジンジンして、いまだ彼がそこにいるような感じが消えない。

昨晩抱かれたときとは全然違う。

あれはあれで手加減してくれていたのだと思った。

「アシュリー…」

耳元で呼ばれたが、うつ伏せのまま動けない。

顔を上げることもできずにいると、ジェイドはアシュリーの腰を抱き寄せ、彼のほうへ身体を向けられた。

彼の手で乱れた髪が梳かれ、それが気持ちよくてウトウトしてしまう。

「もう一回するか？」

「……ッ、む、無理よ」

「ああそう。俺も、しばらく出そうにないけど」

何が、と一瞬思ったけれど、言っていることがわかってしまったので口を噤んだ。

苦笑するジェイドをぼんやり見つめ、アシュリーは次第に何もかも忘れてしまいたい気持ちに囚われていく。

どうして彼を憎めないのだろう。なぜ復讐する気も起きないのか。

目の前で母が死んでいく姿を見ていながら、この体《てい》たらくだ。

返り血を浴びた姿は悪鬼のようだった。

ローランドの兵士をすぐ傍で斬り倒し、血を浴びた姿は恐怖でしかなかった。

だが、アシュリーは彼が母を殺すところを見たわけではない。

だから、もしかしたら違うのではないかと、ジェイド以外の誰かが殺したのではと、そう思いたくて仕方がない自分がいるのかもしれない。優しかった彼が訳もなく人を傷つけたりしない。きっと何か大きな理由があったのだと——。

そんなふうに思うのは、流されてしまったからだろうか。

人肌に飢えていたから、絆《ほだ》されてしまったのだろうか。

——そもそも、私はお母様をちゃんと愛していたの？　北の塔へ追いやられたことを、本当は許せずにいたんじゃないの？　裏切られた、変わってしまったと内心ではお母様を激しく責めていなかった……？

目が合っても無視をされ、手紙一つ受け取ってもらえず、そのたびに心が傷ついていった。

それでも愛していると思っていたのに、その気持ちがどんどんわからなくなっていく。自分がとても薄情な人間に思え、何が正しいのかわからなくなっていく。

アシュリーがそんな思考に囚われていると、額にキスをされ、温かな手で頬をやんわりと撫でられる。

「少し眠っておけ」

「……う、ん」

小さく頷くと強く抱きしめられた。

ずっと一人で過ごしてきた場所にジェイドがいる。

ここで何度アルバラードへの想いを馳せ、彼と過ごした日々を思いだしたかわからない。

――少年だった彼がそのまま大きくなって現れただけならよかったのに……。

けれど、それこそ単なる現実逃避でしかない。

このままではいられないのはアシュリーにもわかっていた。

そうよ。わかってる。

起きたら……、今度こそ、話を……。

アシュリーはジェイドの胸にそっと顔を埋めて目を閉じる。

『あなたが…、お母様を……、殺した、の……？』

あの言葉にジェイドは何も答えなかった。

自分が思いこんだこととは違う真実が彼にあればいいのにと、密かにそんな想いを胸に抱きながら、アシュリーは眠りに落ちていった――。

＋　＋　＋

その後、アシュリーが目覚めたのは夕暮れ間近になった頃だった。

昨日も今日も昼近くまで寝ていたというのに、行為のあとでまたすっかり熟睡してしまったことに驚きを隠せない。

「そういえば私、服を着ていたかしら……」

小さなあくびをしながら身を起こし、ふと気づいて首を傾げる。

自分で着た覚えはないので、もしかしたら寝ている間にジェイドが着せてくれたのかもしれない。その様子を想像したらなんだかおかしくて、さぞ大変だったろうと唇を綻ばせた。

ベッドを確かめるとまだ微かな温もりが残っている。近くにいるのだと思い、アシュリーは彼を捜しに部屋を出た。

すると、一階へ向かう途中で、どこからか人の声が聞こえてくる。塔の外にいるようだが、そんなに離れた場所ではなさそうだった。

「ジェイドと……アベル？」

耳を澄ませていると、声でそうとわかってくる。

アシュリーがいつもひなたぼっこをしていた辺りにいるようだ。ぼそぼそと話しているのでその内容まではわからないが、とりあえず外に出ようと扉に手をかけた。

「――エリックは…」

しかし、そのとき、唐突に耳に届いた単語に驚き、アシュリーはびくっと肩を震わせる。

二人は何の話をしているのだろう。

顔を強張らせて扉から手を放し、部屋の中から声が聞こえたほうへ向かう。盗み聞きなんていけないことだとわかっているが、どうしても気になって仕方がなかった。

「一通り話し終えて感じたのですが、エリックは肝心の部分は何も知らされていないのかもしれませんね」

「何も？　嘘をついている様子はないのか？」

「そういう雰囲気は特に……。質問には友好的に答えますし、自らさまざまな話をしてくれます。ただこの城で行われていたことを具体的に聞こうとしても、おおまかなことしかわからないようで」

「あぁ、そういえば二年前の件について聞いたときもそんな感じだったか。要するにブルーノの息子といえども、重要な話にはほとんど絡ませてもらえなかったと」

「その可能性が高いのでは」

「……腹心についてはどうだ」

「はい、それについてはエリックの証言を得てすぐに見つかりました。捕らえた中にいましたので、現在尋問中です」

二人は塔の外壁に寄りかかっているのだろうか。

壁際に寄ると、とても近い場所から声が聞こえてくるように感じられた。

だが、『この城で行われていたこと』『二年前の件』とは何なのか。それがわからないアシュリーには今の話をほとんど理解することができなかった。

それでも、この会話がおかしいということだけはよくわかる。

彼らは昨日までエリックを知らなかったはずなのだ。

——これはエリックを尋問したうえでの会話だわ。どうしてエリックの存在がばれてしまったの？　牢の中の人たちだって、皆で彼を庇っていたじゃない。私だって嘘をついてジェイドと……。

そこまで考えて、アシュリーはぶるっと背筋を震わせた。

ならば、昨日のジェイドとの約束は何だったのだろう。

地下牢のどこにもエリックはいなかったと断言したアシュリーに対し、それが嘘でないなら純潔を捧げて証明してみせろとジェイドは言った。

そうすれば信じる。捕らえた人々もすべて解放すると言ったから、だからアシュリーはあんな形でジェイドと身体を繋げたのだ。

「……っ」

考えるほどに、息が上がっていく。

答えなど、彼らがエリックを尋問していた時点で出ている。

——私、騙《だま》されたんだわ……。

ようやくそのことに気がつき、愕然とした。

騙されて純潔を捧げてしまったことに目眩がする。それどころか、先ほどなど抵抗する機会を与えられながら自らそれを放棄して、抱かれることを選んでしまった。

自分の愚かさに呆れてものが言えない。

いつまでも思い出にしがみついているからこうなるのだ。

だから騙されたことにも気づかず、垣間見える表情を昔のジェイドと重ねて、現実から目を逸らしてしまったのではないのか？

「そろそろ戻るか」

ふと、二人が動いた気配が伝わり、アシュリーはぱっとその場から離れた。

盗み聞きしていたと知られるわけにはいかない。

足音が扉のほうへ向かっているのがわかり、慌てて二階へ駆けあがる。不審に思われないためには寝た振りをするしかないと思い、部屋に戻るや否や、素早くベッドに横になった。

程なくして、ジェイドはアベルを伴って部屋に戻ってきた。

その二つの足音はベッドの傍で止まり、横になったアシュリーの背後でアベルが溜息をつく。

「――ジェイド様、もう少し自重なさってはいかがです」

「ん？　何のことだ」

ジェイドは適当な返事をしながらベッドに腰をかけたようだ。

ギシッとベッドが軋み、背中に彼の腰が微かにぶつかったのを感じ、アシュリーはドキドキしながらも狸寝入りをしていた。

「そんなふうに隠しても無駄です。アシュリー様の肌に赤い痕がついていたのがしっかり見えましたから」

「……」

「ジェイド様、そのような行為に及ぶ前にすべきことがあったのでは？」

「……まだその段階じゃない」

「まだとは？」

「俺には俺の考えがあるんだよ。……だが、いきなりこんな関係になるとは俺だって思っていなかった。いくらなんでも、あんな馬鹿みたいなやりとりに乗ってくるとは思わないだろ」

「ジェイド様……」

二人はそこで沈黙し、ジェイドは不服そうに息をついている。

一方で、アシュリーは今の話で頭を殴られたようなショックを受けていた。

——馬鹿みたいなやりとりって何？

すごく嫌な事実を知ってしまった気がする。

それはつまり、ジェイドにとって地下牢でのことは、その程度の話だったということだろうか。

エリックがいないという言葉など、最初から信じる気がなかった。なのに、アシュリーが話に食いついてしまったから、成りゆきで関係を結ぶことになったと。

それがジェイドの本音なの……？

さまざまな感情が身の内から沸きあがり、身体が震えそうになる。今は落ちつかなければばと自分に言い聞かせていなければ、呼吸も乱れてしまいそうだった。

「しかし、よく寝てるな」

不意にジェイドが振り返る様子が伝わってきた。

背中越しとはいえ彼の視線を感じて緊張が走った。

少しの間その視線に堪えていると、彼はおもむろにアシュリーの腰に腕を絡め、そのまま強引に横抱きにしてベッドから下りた。

「……行くか。そろそろだろ？」

「はい」

反応せずにいられたのが不思議なくらい唐突に抱き上げられ、話の内容などもうまともに入ってこない。ゆらゆら揺れる腕の中でアシュリーは目を閉じて、何事もなく時が過ぎるのをひたすら待った。

それからどれくらいの間、彼の腕の中で揺られていたのか。

北の塔を出て渡り廊下を進んでいるのは気配で察したが、その先はどこへ向かっているのかわからない。

少なくとも城内へ足を踏み入れたのだろうと思ったのも束の間、程なくして冷たい風がアシュリーの肌を撫でる。自分のスカートの裾がはためく音が聞こえ、どこにいるのか見当もつかなくなった。

「アシュリー」

「……んっ」

突然耳元で声をかけられ、思わずビクンと肩が震えた。

おまけに声まで出てしまったので、もう寝た振りはしていられない。

アシュリーは覚悟を決め、眠たげな雰囲気を装いながらうっすらと目を開けた。

「これから捕虜《ほりょ》を解放する。その一部始終をおまえも見ておけ」

「えっ？」

「自分で立てるか？」

「え、ええ…」

彼の腕からサッと離れて自分の足で立ち、眉をひそめて周囲に目を凝らす。

青い空、遠くに見える美しい湖畔とのどかな町並み。

自分が立つ周辺も見まわし、ここが城のバルコニーだと認識する。ジェイドの後ろには
アベルもいて、アシュリーの様子をじっと見ていた。

「下だ。ちゃんと見ておけ」

肩を抱き寄せられ、バルコニーから身を乗りだす。

ジェイドが指差した先にはたくさんの人の姿があった。

よく見ると、その人たちはアルバラードの兵の誘導で城を出る途中のようで、アシュ

リーは手すりの向こうへとさらに身を乗りだした。

かなりの人数だ。地下牢にいた若い男たちだけでなく、女性もいれば老人や子供の姿もある。一方的に攻めこまれた城内の様子を見ていたから、これだけ多くの人々が生き残っていたことに驚きを禁じ得なかった。

「……？」

そのとき、外に出ていく人々の中で、振り返ってこちらを見上げた者がいた。

何となく見覚えがある男だ。そういえば、前に食事を運びに来たことがあったかもしれない。

男は深々と頭を下げ、もう一度こちらを見上げてから去っていく。

――何をしているの？

その不可解な行動が理解できず、アシュリーは首を捻《ひね》る。

しかし、不思議なことはその後も続いた。

男の様子を見ていた他の者も同じことをしはじめたのだ。

あちこちで人々がこちらを向いては頭を下げ、城から出ていく。

けれど、アシュリーにはその行動に何の意味があるのか、何度見ても理解ができなかった。

「おまえに礼を言っているんじゃないのか」

「え、私に…？」

「地下牢でのおまえの行動が、自分たちの解放に繋がったからだろ。見たところ、あの場にいなかった連中にも噂となって広まったみたいだな」

「……っ」

アシュリーは目を見開き、改めて人々の姿を見つめた。

男たちだけでなく、女性や老人、子供に至るまでが深々と頭を下げている。

『ありがとう』と動いた口元に気づき、信じられないものを目にした気分になった。

だって、こんなことは初めてだ。

この国に来てからは、常に敵意を向けられ、無視をされ、陰口を囁かれるのが当たり前だったのだ。違う感情を向けられることがあるだなんて思いもしなかった。

——だったら、私は最後の最後で彼らに受け入れてもらえたということ？

だが、そこに喜びはあまり感じられなかった。

自分だって彼らを助けようとしたわけじゃない。エリックを助けたいと思ったことが結果的にそうなっただけで、本当に解放されていることに驚いている自分もいる。

けれど、こんなにも寂しく、そして虚しい気持ちが沸きあがるのは、こんな方法でしか彼らがよそ者を受け入れないとわかってしまったからだ。

「ジェイド、捕虜になっていた人たちはこれで全員解放されたの？」

「……ああ」

「そう…」

低く頷くジェイドの横顔を窺い、城を去っていく人々にまた視線を戻す。

感傷に耽《ふけ》りたい気分だが今はそのときではない。アシュリーは最後の一人になるまで目を凝らし、爪が食い込むほど拳を握りしめた。

――やっぱりこの中にエリックはいないわ。

全員解放したなんて、よくも見え透いた嘘をつけるものだ。

エリックはどうなるのだろう。今は尋問で済んでいるようだが、それだけで終わるとは思えなかった。

義父も母も殺された。ならば、エリックも殺されるのではないのか？

疑念は山のように膨らんでいく。

捕虜を解放したのだって、何か目的があってのことだったのかもしれない。

だって今のジェイドは、もう昔の彼ではなくなってしまった。

「ああそうだ。これをおまえに渡しておく」

不意にジェイドは上衣のポケットから何かを取りだす。

手渡されたのは手に収まる程度の綺麗な装飾の品。

髪飾りだろうか。怪訝に思いそれを見ていると、彼は低く言葉を繋いだ。

「叔母上の遺品だ。……遺体は最初の夜に燃やした」

「――ッ！」

その瞬間、ぐっと息が詰まりそうになり、目の前がぐらつく。

手に力が入り、髪飾りを握りつぶしてしまいそうになって、慌てて力を緩める。やっとのことで息を整えたとき、ジェイドはその様子を一瞥してバルコニーから出ていこうとしていた。

「あなたは…、これを懐に入れながら私を抱いたの……？」

アシュリーの問いかけに彼は何も答えない。

遠ざかるジェイドの背中を追いかける気力もなくなり、小さく息をつくアベルを見上げたが、彼もまた何も言わずにアシュリーから目を逸らした。

唇を小刻みに震わせ、アシュリーは項垂れる。

どこまでも愚かな自分が滑稽《こっけい》でならない。

昔の彼と重ねるなど、馬鹿な期待をしたものだ。

こうまでされなければ、現実を直視することさえできないのだから――。

第四章

人々が解放された翌日。

このところ好天が続いていたが、今日は朝から厚い雲が空を覆い、かなりの雨が降っていた。

部屋にはジェイドとクリスがいる。

アシュリーは窓辺に立ち、外の様子を眺める振りをしながら、母の髪飾りをつけた自分を窓越しにじっと見ていた。

――エリックを助けだすにはどうしたらいいだろう。

もうずっとそればかりを考えている。

この部屋を出ないことには何も始まらないが、アルバラードの兵士たちは数が多く、彼らの目を掻い潜って一人で抜けだすなど不可能に近い。それでも何とかならないかと密かに機会を窺っていた。

「ジェイド、今のッ、もう一回、もう一回やって！」

先ほどから聞こえる楽しげな笑い声。

思考を遮られ、アシュリーは溜息をつきながら後ろを向いた。

「今のってどれだよ。頭の上で回転するやつか？　それとも上に放り投げるやつか？」

「どっちも!!」

「仕方ねぇなあ」

クリスはやけにジェイドに懐いていた。

最初は抱き上げられてきょとんとしていたが、ジェイドの頭の上でぐるぐる回転させられたり、ぽんっと放り投げられては抱きとめられてを繰り返すうちに、その遊びが楽しくなったみたいだ。

落としやしないか、怖くはないのかとハラハラしたが、クリスは甲高い声ではしゃぎながら、ジェイドにもっともっととせがんでいた。

――どうしてクリスは、そんな顔ができるの？

初めて会った日、大声で泣いていたのが嘘のようだ。

両親が殺されたことなどすっかり忘れてしまったようで、アシュリーにとっては理解しがたい複雑な光景だった。

もしかして、クリスはあのときの一部始終を実際には見ていないのだろうか。

それならこの違和感も理解ができる。思いださせては可哀相だからと聞けずにいたことも、要らぬ心配だったと済ませればいいだけの話だ。

けれど、誰のことも心の中まではわからない。

ジェイドだって、昔と変わらぬ笑顔を見せながらアシュリーを騙していた。

もはや何が本当で何が嘘なのかがわからず、アシュリーはすべてのことに疑心暗鬼になりそうだった。

「あー、もうこれで終わりな」

「え～！」

「アベルに呼ばれてるんだよ。続きはあとで気が向いたらな。……アシュリー、クリスと二人で城の中を歩いてきたらどうだ？」

ジェイドはクリスを下ろし、言いながらアシュリーを振り返った。

思わぬ話にアシュリーが目を丸くしていると彼は小さく頷く。

「部屋に籠りきりっていうのもつまらないだろうし、多少の気分転換にはなるだろ」

「部屋を出ても、いいの？」

「ああ、この城から出なければ好きにしていい」

まさか彼のほうからそんなことを言ってくるとは思わなかった。

もともと、城の外には用がない。城の中を好きに歩き回れるなど願ってもない話だ。

「じゃあ、俺は行く」

「ええ」

クリスの背を押し、アシュリーへ引き渡すと彼は部屋から出ていく。

警戒する様子など微塵《みじん》も感じさせない背中を見送りながら、アシュリーは狐につままれたような気分になった。

部屋はクリスと二人だけになり、しんと静まり返る。

ジェイドの考えはよくわからない。アシュリーを信用していないから騙したのではなかったのか？　城の中だけとはいえ、そのような相手を自由にさせて不穏な行動を起こすとは思わないのだろうか？

それとも敢えて泳がせて、尻尾を出すのを待っているとか……？

だとしても、じっとしてはいられない。

どんな意図があるにせよ、動かなければエリックを見つけることさえできないのだ。

「……クリス、部屋の外に行ってみる？」

「うん」

——本当にいいのよね…？

半信半疑のまま、アシュリーはクリスと手を繋いでおそるおそる扉を開ける。

部屋の外には二人の兵士がいたが、自分たちに気づくと思いのほか柔らかな笑みを向けられた。

「どうかされましたか？」

「あの、城の中を散歩してこようと……」

「護衛をおつけしましょうか」

「あ、いえ。すぐ戻るので」

「承知しました。では、いってらっしゃいませ」

兵士はにっこり笑い、扉を大きく開いてアシュリーたちを外へ促す。

そんなに簡単に了承されるとは……。

不審な目を向けられるどころか、二人の兵士はにこにこと見送ってくれている。拍子抜けしてしまったが、それでも警戒心だけは忘れないようにと気持ちを引きしめ、アシュリーはクリスを連れて歩きだした。

「アシュリー、どこへ行くの？」

「う、ん。その…、地下牢に行ってみたいのだけど」

「地下牢？」

「途中で止められるとは思うけど……。あ、もし行けたとしても、怖い場所だからクリスは外で待っていればいいからね」

「そんなのだめだよ。怖い場所なら僕も行く」

「どうして？」

「男だもの。女の人を守らなきゃ」

「……クリスってすごく優しいのね」

「こんなの当たり前だよ」

「そんなことないわ。ありがとう」

まさか五歳のクリスが自分を守ってくれようとするだなんて考えもしなかった。

感心して礼を言うと彼は照れくさそうに笑い、握った手にキュッと力を入れる。

アシュリーを離さないようにしているのが伝わり、クリスは本当に心の優しい子なのだと思った。

とはいえ、本当に彼を地下牢へ連れていくのは気が引ける。

あのように暗く陰気な場所を怖がらないわけがない。どこかで誰かに預けたほうがいいだろう。見たところ、城にいるアルバラードの兵は強面《こわもて》な人が多いが、中には優しい顔立ちの人もいるはずだ。

そんなことを考えながら階段を下り、ジェイドに連れてこられたときの記憶を頼りに地下牢を目指した。

「おい、アシュリー様だぞ」

「おおっ！」

途中、廊下ですれ違った兵士がアシュリーを見て立ちどまる。

「こ、こんにちは」

どう反応すればいいのかわからなかったが、ぎこちなく会釈をするとなぜか満面の笑みで挨拶を返された。

やけに友好的に見えるのは気のせいかしら？

疑問を抱いていると、一人の兵士が自分たちに近づいてくる。

彼は上官なのだろうか。立ちどまって見ていた兵士たちを大袈裟《おおげさ》な咳払いで追い払うと、にこやかに話しかけてきた。

「アシュリー様、皆の無礼をお許しください。私は百人隊長をしておりますグレンと申します。本当に、本当にお目にかかれて光栄です！」

「はい…」

「その…、フェリス様の件は残念でした。ですが、アシュリー様だけでも取り戻せたことを心より嬉しく思います」

グレンと名乗った大柄な兵士は感極まった様子で涙ぐむ。

話がよく見えないので曖昧な返事しかできなかったが、彼はどういうわけかとても嬉しそうだ。

――どういうこと？　彼は何を言っているの？

友好的な雰囲気も気になるが、話の内容のほうがもっと気になる。

困惑していると、彼はなおも話しかけてきた。

「ところで、どちらへ行かれるのですか？」

「あ…、それは」

「……？」

「ち、地下牢、へ……」

「ほう、地下牢ですか」

「……」

どのみち、地下牢へ行こうとすれば、その前に誰かの目に留まるだろう。

だから嘘をついても仕方がないと正直に話したが、やはり不審に思われたのかもしれない。「地下牢ですか…」と、もう一度呟いたグレンの顔を盗み見て、アシュリーの胸は緊張で早鐘を打ったように鳴っていた。

「では、暗いので私もご一緒しましょう」

「あ、……りがとう」

にっこり微笑まれ、断ることもできずにアシュリーは礼を言う。

間違いなく監視のつもりだろう。城の中を散歩するにしても地下牢へ行くだなんて、どう考えても怪しい。世間知らずの自分でもそう思うのだから……。

「アシュリー、よかったね」

「え？」

「怖いところなんでしょう？　人が多いほうが心強いね」

「そ、そうね」

クリスの無邪気な笑顔にぎこちなく頷く。

こうなったら前向きに考えるしかない。だめだと言われなかっただけでもよかったのだと気を取り直して、アシュリーはグレンのあとをついていった。

それにしても、よくわからないのは兵士たちの視線だ。

こうして歩いている間も、彼らはアシュリーを見た途端、皆一様に姿勢を正して笑顔を向けてくる。前を歩くグレンなどは、母が亡くなったことを残念だと言ったが、本気でそう思っているのかと首を傾げてしまう。

その母を殺したのがジェイドじゃないのか？　母が殺されたぐらいだから、自分に対しても何かしらの憎悪を持たれていてもおかしくないと思っていたのに……。

それとも、あれはアルバラードの意思ではなかったと言うのだろうか？

「暗いので足下にお気をつけください」

地下牢へ続く階段の前で、グレンは松明を用意して、アシュリーとクリスを気遣う様子を見せる。

屈強な身体で顔つきも怖そうなのに、その表情はやけに優しい。

なんだか変な気分だ。たいした話などしていないのに、彼らから向けられる眼差しを見ているだけで自分の中の何かがずれている気になってくる。

「アシュリー、地下牢ってすごく暗いね」

「そうね。クリス、怖い？」

「……平気だよ」

石の階段を下りてまっすぐ通路を進む中、緊張した面持ちでクリスが囁く。

繋いだ手が湿っている。内心では怖いと思っているのだろう。

しかし、アシュリーに向けた顔はキリッとして頼もしく、懸命に守ってくれようとする優しさが伝わる。

誰かに預けようかと思ったが、一緒に来てよかったのかもしれない。置いてきたら、彼の自尊心を傷つけてしまうところだった。

「――だけど変だわ。この前と何か違う気が」

しばし通路を進んだところで、アシュリーは疑問を口に出した。

足を止め、こちらを振り返るグレンを横目にずらりと並ぶ牢部屋を眺めて、何が違うのだろうと首を捻った。

「どうかしましたか？」

そういえば、数日前に来たときはこんなに歩いていない。

なのに、ここに来るまでに牢のどこにも人影がなかった。

松明の灯りを頼りに前方に目を凝らすと、すぐそこが行き止まりだとわかる。会話をしながらでも牢内を確認していたのだが、見落としてしまっただろうか。

「アシュリー様？」

「あ…。ここにいた捕虜は、どこへ行ったの？」

少し回りくどい言い方をしたが、捕虜のほとんどが外へ出たのは誰もが知っていることなので、エリックのことを聞きだそうとしているのはグレンにもわかるだろう。

地下牢に行きたいと伝えた時点で充分怪しまれていただろうし、今さらだと思って隠す気がない質問をしたつもりだった。

だが、グレンは眉根を寄せて黙りこみ、ややあって頷きながら顔を上げた。

「あぁ、そういうことでしたか！　弟君と一緒なので、てっきり冒険ごっこでもしているのかと。いやぁ、とんだ勘違いをしてしまったようです。私にも同じくらいの年の息子がいるもので……」

「そう、なんですか」

「申し訳ありません。エリックをお捜しだったのですね。彼は自室へ移動しました」

「えっ!?」

あっさり得られた答えにアシュリーの声は思わず裏返った。

なぜ彼はそんな大事なことを簡単に喋ってしまうのだろう。

それとも、エリックのことは秘密ではないのだろうか。

目を丸くしているとグレンは大きく頷き、何の疑いも持たない様子で話を続けた。

「一応ローランド王の甥ですし、それなりの待遇をということのようです。本当にジェイド様の寛大さには頭が下がります。あのようなことがあったのだから、私怨《しえん》に走っても決しておかしくはないのに、思えばジェイド様は戦地でも常に冷静でした。さまざまな戦術や奇策を用いて敵の重要拠点をいくつも撃破し、不利な戦況を何度となくひっくり返してきました。それでいて無茶なことはせず、引くところは引く。あの方は無駄に兵を死なせることを絶対にしないんです。一方で、自ら前線に立ち剣を振るう勇猛さには皆が引きこまれ、ジェイド様のもとにいれば必ず勝利できると士気も高くなる。ローランド側にしてみれば悪夢のような存在でしょうが、我々にとっては軍神《ぐんしん》そのものです」

「軍神……」

滔々《とうとう》と話すグレンの表情は高揚《こうよう》していて、その内容にアシュリーは息を呑む。

細かなことまでは理解できずとも、ジェイドがどれだけ彼らの信頼を得ているかは充分すぎるほど伝わってくる。それほどまでに彼の功績はアルバラードにとって多大なのかもしれなかった。

しかし、同時にアシュリーの心の中には疑問が浮かぶ。

今の話には自分の知らない重要な何かがあるように思えたのだ。

──あのようなことって……？

ジェイドは私怨に走ってもおかしくないほどのことをローランドにされた？

どういうことだろう。こうだと思ったことが次々覆されていくようで、考えるほど話がこんがらがってくる。

地下牢にやってくるまでも違和感だらけだった。

母の死を悼《いた》み、アシュリーを見て涙ぐむグレン。

兵士たちの優しい眼差し。温かな笑顔。

それらはまるで仲間として見られているような感覚を抱かせるもので、思い返すほどアシュリーを混乱させていた。

「あの、お聞きしたいことが──」

「やけに上が騒がしいですね」

「え？」

「聞こえませんか？」

彼ならこれまでの真実を教えてくれるかもしれないと意を決して尋ねようとしたところ、

突如グレンはそんなことを言いだした。

しかめっ面で天井を見上げる様子に、アシュリーも同じように耳を澄ませる。

すると、上のほうから異様なざわめきが聞こえてきた。

「確認して参ります」

「待って。私も行きます」

「……では、私から離れないようにしてください」

「はい」

クリスの手を握り直し、アシュリーは足早に進むグレンのあとをついていく。

――まさか城を取り戻しに、王都にいたローランドの軍勢が攻めこんで来たんじゃ……。

もうあんな光景は見たくないのに、こんな大声で騒ぐ理由が他に思いつかない。

城に攻めこまれた夜の喧騒を思いだし、胸の鼓動が速くなっていく。

ところが、急ぎ地下から出て一階の玄関ホールに戻って目にしたものは、なぜか歓声に揺れる兵士たちの姿だった。

「これはどうしたことだ？」

そこかしこで笑顔を浮かべた兵士たちが手を取り合っている。

グレンも一瞬呆気にとられていた。

そんな彼らに声をかけようとしたそのとき、大きな声を上げながら走りまわる一人の兵士の言葉が耳に届く。

「ローランドが全面降伏をした！　我々の勝利が決まったぞ!!」

「なんと…ッ！　お、おい、伝令ッ、今のは本当か!?」

「はい！　降伏を伝えるローランド王からの書簡がここに…ッ！　ケヴィン王子、レナード王子率いるアルバラードの部隊が王都に突入する直前だったとのこと。この城を落とされたことが決め手となったようです!!」

　グレンは走りまわる兵に駆け寄り、詳細を聞きだしている。

　棒立ちの状態でそれを聞いていたアシュリーは、まだ何が起こっているのかが呑みこめず、そこかしこで歓喜するアルバラードの兵士たちの姿をぼんやりと見つめた。

「帰れる。やっとアルバラードに帰れるぞ！　なぁ、胸を張って帰れるんだよな!?」

「ああ、凱旋《がいせん》帰国だ!!」

　握手を交わす者、静かに頷き合う者、抱き合って涙を流す者。

　喜びの表し方はそれぞれだったが、皆が勝利に酔いしれている。

　だが、この突然すぎる事態にアシュリーはついていけない。

　クリスも目をぱちぱちさせて、不思議そうに首を傾げていた。

　アシュリーはそんなクリスの手を引っぱり、兵士たちの姿を横目に廊下をふらふらと歩いていく。

——この人たちは、アルバラードに帰ってしまうんだわ……。

勝敗が決まったことよりも、頭の中を駆け巡るのはそんな感情だった。

胸の奥がズキズキと痛む。

この気持ちは何だろう。どうしてこんなにも羨ましいのだろう。

ジェイドも…、一緒に帰ってしまうの？

「……ッ」

唇を震わせて廊下を進む。

少し早歩きになってしまい、クリスの戸惑いが伝わってくるのに止められない。

頭の中はジェイドでいっぱいになり、彼を捜して城の中を彷徨った。

「アシュリーッ！」

そんなところへ、後ろから突如名を呼ばれる。

振り返って声がしたほうに目を凝らすと、ジェイドとアベルに伴われたエリックが大階段を下りてこちらにやってくるところだった。

「……エリック？」

もう頭の中がぐちゃぐちゃだ。

声をかけてきたのはエリックなのに、目は違う人を追いかけてしまう。

エリックを心配していたはずなのに、その隣に立つジェイドを見て泣きたくなってしまった。

　胸が苦しくて、息ができなくなりそうだ。ジェイドがここから去るのを想像しただけで、何年も抑圧してきた感情が今にも吹きだしそうになる。

「ジェイド様ッ！」

　そこへ先ほどの伝令が駆け寄っていく。

　ジェイドはローランド王からの書簡を渡され、二、三、言葉を交わすとエリックを連れてアシュリーのもとまでやってきた。

　アシュリーのほうはその様子を黙って見ていただけだったが、彼らが近づくごとにクリスが繋いだ手に力を込めたので、それで少しだけ冷静になれた。クリスもこの状況に戸惑っているのだ。

「アシュリー、ローランドが降伏したのは聞いたか」

「え、ええ」

「なら話が早い。これからエリックをローランド王のもとへ引き渡す」

「引き渡す？」

「ああ、じきに迎えが来る手筈《てはず》だ」

「迎え…」

　アシュリーはジェイドの言葉を反芻《はんすう》しながらエリックに目を移す。

地下牢にいたときのような疲れた様子は見られない。

服を着替えて身なりも整えられており、ローランド王の甥としてそれなりの待遇を受けていたというのは本当のようだ。

ますます混乱する。エリックを殺す気でいると思っていたのに、引き渡すだなんて想像もしていなかったことで、ジェイドの真意がどこにあるのか余計にわからなくなった。

もう昔の彼とは違うのだと、そう結論づけてから一日しかたっていない。

なのに地下牢から戻ってくるまでの短時間でさまざまなことがわからなくなっていき、今はもう何が正解なのかが完全にわからなくなってしまった。

「――ジェイド、少しでいい。僕にアシュリーと話をする時間をくれないか？」

そのような中、エリックがアシュリーを見つめながら突然の要求を口にする。

ジェイドは片眉をつり上げ、若干の警戒を見せていたが、そんな彼にエリックは哀しげな笑みを浮かべた。

「もちろん二人きりでなんて言わないよ。君たちも一緒で構わない。……頼むよ、最後なんだ。せめて別れの挨拶をさせてほしい」

「……」

最後、別れの挨拶、という言葉にドキッとした。

しばしの沈黙が続き、ジェイドは鋭い目でエリックを見据えていたが、小さく息をつき、僅かながら態度を軟化させた。

「アベル、どこか適当な部屋を用意してくれ」

「承知しました」

そのやりとりにエリックは礼を言うが、ジェイドのほうはむすっとした顔のまま返事もしない。

だが不意に、アシュリーの横で控えめに立つクリスに気づいたようで、ジェイドはふっと表情を和らげると僅かに屈み、小さな頭をぽんと撫でた。

「クリス、おまえはここで待っているか？」

「……ううん。一緒に行く」

「そうか」

「うん…」

「じゃあ、俺の横にいろよ」

「うん」

二人はやはりとても仲が良く、クリスはアシュリーといるときより安心した子供の顔を見せている。

しかし、不思議なのはそれだけではなかった。ジェイドが話しかけた途端、先ほどからやけに力が入っていたクリスの手からふっと力が抜けたのだ。

それを頭の中で疑問には思ったが、そのときは些細《ささい》なことだとそれ以上は気にしなかった。

＋　＋　＋

「――ついに降伏か。父上の死がローランドの終わりだったのかな」

用意された二階の一室でソファに座り、エリックは溜息をつく。

アシュリーは彼の前に置かれていた椅子に腰かけ、その言葉に耳を傾けていた。

もちろん部屋に二人きりではない。アシュリーのすぐ後ろにはアベルがいたし、そこからさらに後ろにはジェイドが壁に寄りかかっていて、その横にはクリスがぴったりと寄り添っていた。

「なんにしても残念だよ。あのとき、君がこの手を振り切って義母上を捜しに行かなければ、今頃君は確実に僕のものになっていたのに」

エリックは他に人がいることなど気にする様子もなく、熱の籠った眼差しをアシュリーに向けてくる。

しかし、その発言には戸惑いしかなく、アシュリーは何一つ言葉を返せない。

エリックからはこれまでにも好きだとは言われていたが、その気持ちを受け入れたことはないのだ。もしもあのときに二人で逃げていたとしても、それで彼のものになるというのは、いくらなんでも話が飛躍しすぎだった。

それとも、あの夜のエリックは、そういうつもりで北の塔へ向かおうとしていたのだろうか……。

まさか。彼はそんな人ではない。

慌てて考えを打ち消そうとしたが、纏わりつくような視線がアシュリーの胸の谷間を執拗に這《は》いまわっていることに気がつく。これまでも似たような服を着たことはあったのに、そんな目で見られたのは初めてだった。

「アシュリー、このまま君も僕と一緒に行く？」

「えっ？」

一人考えこんでいると、エリックは思いもよらない誘いをかけてきた。

冗談を言っているようには思えず、けれどその意図が摑めない。少なくとも、別れの挨拶をする雰囲気ではなかった。

「僕はこれから王宮にいる陛下のもとへ引き渡される。しばらくそこで過ごすことになるだろう。だけど安心してほしい。周りがどんなに君を虐げても、これまでのように僕だけは君の味方でいると約束するよ」

アシュリーはその話に身を硬くした。

今後の自分がどうなるかはわからないし、エリックには随分優しくしてもらったと思っている。だが、これまでと同じような日々が続くと言われているようで、とても喜ぶ気になれなかった。

「……変だな。喜んでくれると思ったのに、どうしてそんな沈んだ顔をしているの？　ああそうか、彼らがいるから素直になれないんだね」

「そういうわけじゃ」

「いいんだ、もう我慢しなくていいんだよ。君が来ると言えば、僕はどんなことをしたって連れていく。だって僕たちのことを反対した父上は、もうこの世にいないんだ。僕の妻になることだって夢じゃないんだよ」

「妻……？　結婚のお話をお義父様に……？」

「ああ、何度もね」

「……」

まさか結婚の話までブルーノに話していただなんて知らなかった。

けれど、そういうつもりはないにしても、実の父親の死を喜んでいるように聞こえる発言にはどう反応していいかわからない。複雑な気持ちになって黙りこんでいると、彼は悲しげに瞳を揺らしてアシュリーの手にそっと触れてきた。

「君は…、地下牢のやりとりで、とんでもない無茶をしたね。だけど、そうまでして僕を好きだと想ってくれているのだと知って堪らない気持ちになったよ」

「え？」

「アシュリー、穢《けが》れてしまったことなんて心配しなくてもいいんだよ。大丈夫、君を好きだと言った気持ちは何一つ変わっていない。たとえ初めてじゃなくとも、僕は気にしないよ」

「……っ」

アシュリーは喉を鳴らして顔に動揺を浮かべた。

地下牢での行動をそんなふうに思われているとは想像もしていなかったのだ。

しかし、いつもと違う彼の強引さがこれでやっと理解できた。エリックはアシュリーが彼のことを好きだと信じこんでいたから、周りの目を気にしなかったのだ。

──もしかして、ジェイドも同じように思っていたの？

アシュリーはサッと後ろを振り返って壁際にいるジェイドの顔色を窺う。

けれど、彼は片眉をぴくりと引きあげただけで、その心を読み取ることはできない。

「……アシュリー、どうしたの？」

「あ…、いいえ」

こんなときに何を気にしているのだろう。

アシュリーはそんな自分に呆れ、すぐに前へ向き直ったが、エリックに対する気まずさから目を逸らすように俯く。

誤解をさせたのは自分のずるさが原因だ。

思い当たる節がないと言えば嘘になる。エリックからいずれ妻に迎えたいと言われたとき、アシュリーは曖昧に誤魔化した。二人の関係が認められるわけがないと思っていたからだが、その裏には自分を守る思惑もあったのだ。

本当の気持ちを言えば、エリックは二度と会いに来てくれなくなるかもしれない。

そうなったら、自分に会いに来てくれる人は一人もいなくなってしまう。

これ以上孤独になるのが嫌だったのだ。

なんてずるいことをしたのだろう。誠実さを欠いた己の態度を戒め、アシュリーはエリックの手から逃れ、意を決して顔を上げた。

「……ごめんなさい」

「えっ」

「エリックと一緒には行けないわ」

「……ッ、ど、どうして？」

「ローランドには私の居場所がないもの」

「だから僕と一緒になれば…っ」

「その気持ちは嬉しいわ。エリックは私にとって心の拠《よ》り所だった。北の塔に追いやられてからも、あなただけが優しく気にかけてくれた。……本当のお兄様ならよかったのにと何度思ったかわからない」

「お兄…？」

「ごめんなさい。だけど嘘は言えないわ。地下牢でのことは、あなたが殺されてしまうと思ったから。絶対に死なせたくない、私の身体なんか天秤にかけられないって、それで」

「それで…、あんな馬鹿なことを？」

「……」

アシュリーはこくんと小さく頷く。

確かに馬鹿なことだ。嘘だと見抜かれていたとは気づかずに純潔を捧げた挙げ句、知らぬ間にエリックの存在もばれていた。

それでも、あのときは必死だったのだ。

エリックが助かりさえすれば、それでいいと本気で――。

「アシュリー、き、君は…、おかしいよ……ッ」

不意にエリックの上擦《うわず》った声が部屋に響いた。

見れば顔を真っ赤にして頬を引きつらせ、動揺した様子で視点が定まっていない。

怒っているのだと思い、アシュリーはもう一度謝罪しようとしたが、彼は突然立ちあがり、その隙を与えてくれなかった。

「う、生まれたときから一緒だったならともかく、君は成長してから出会った僕を兄として見ていたというの？　赤の他人の僕を？　ローランドの王族の僕を……っ!?」

動揺したままで、どんどん声が大きくなっていく。

だが、眼差しの中には、どこか人を蔑むような気持ちが見え隠れしていた。

それはローランドの人々がこれまでアシュリーに向けてきたものと同じだったが、彼がそれを表に出すのは初めてだった。

「エリック様、お座りください」

そこへすかさずアベルが口を挟む。

しかし、エリックはその命令を無視して胸を反らすと、一層侮蔑の色を濃くしてアシュリーを見下ろし、虚勢を張るように声を荒らげたのだった。

「アシュリー、君は自分の立場がわかっていないようだね！　僕は最初、父上が再婚すると聞いたとき、アルバラードの人間なんて冗談じゃないと思ってたんだ。だけど、初めて会った君はすごく綺麗で、こんな子は見たことがないと思うほどだったから、だから特別に優しくしてあげていたんだよ。虐げられて寂しそうにしている君はとても可愛かった。話しかけると嬉しそうにするのが堪らなかった。いつの間にか君が欲しくなって、一緒になりたいと思うようになった。……なのに本当のお兄様ならよかっただって？　なにそれ、びっくりさせないでよ。僕はローランドの王族なんだよ？　そんな僕の気持ちを拒むだなんて君はなんて罰当たりなの？　僕たちが何十年君たちより優位にいたと思う？　劣《おと》った民族の血が流れている君とはもともと立場が違うんだよッ！」

「な…っ」

捲し立てられた暴言にアシュリーは愕然とした。

それがエリックの本心だったというのか。

弱い立場でこの国にいたのは確かだが、だからといってアシュリーは、自分たちが劣った民族だと思ったことはただの一度もない。感情的になっているにしても、あまりに酷い言い方だった。

「あ、あれ？　僕はなにを言って……。えっと、えっと……」

けれど、その直後、彼は今の自分の言葉でアシュリーの顔色が変わったことに気づき、酷く狼狽《うろた》えてぶつぶつ言いながら己の髪をグシャグシャと掻き回す。

なんだか様子がおかしい……？

エリックは忙しなく息をして胸を掻きむしり、泣きそうな顔になって首を激しく横に振る。明らかに冷静さを欠いたその様子は、まるで何かが乗り移ったような恐ろしさを感じさせた。

「ああ、違う違う、違うんだっ！　こんなことを言うつもりじゃなかった。生まれは君のせいじゃない。それが罪だなんて言ってない。そうじゃないんだ。わかってるんだよ。ただ僕は…、僕は君が欲しいだけなんだ。ずっとそういう目で見てきたんだよ。今さら他のやつになんて渡したくないんだ。穢れてたって構わない。今だって君の身体はすごく綺麗だ。だから一緒に行こうって……っ！」

「やあ…ッ」

エリックは耳まで赤くしてアシュリーにのしかかってこようとしていた。

しかし、それより前にアベルに羽交い締めにされ、反対側へと引きずられていく。それでも興奮が収まらないようでジタバタと激しく暴れていた。

「離せッ、離せったら!!　ちくしょう、わかったぞ。おまえもアシュリーを自分のものにしようとしているんだな!?　そうなんだろ!?　……馬鹿にしやがって、僕をどれだけコケにしたら気が済むんだ。いつまでも自分の思いどおりになると思ったら大間違いだ！　こうなったら、おまえも父上のように――」

ところが、そのとき、

「あぁぁああ――ッ!!」

突然後ろから叫び声が上がり、アシュリーは肩をびくつかせる。

まるでエリックの言葉を遮るようなタイミングだったが、いきなりのことで声のしたほうを振り返ることしかできない。

　叫んでいたのはクリスだった。

　けれど何が起こったのか、どうして叫んでいるのかもわからなかった。

「あぁぁあッ、あぁぁあああ――――ッ!!」

　クリスは目に涙を浮かべ、なおも叫び続ける。

　これまでずっと大人しかったのが嘘のように、クリスは叫びながら走りだす。憎悪の感情を目に浮かべ、その小さな身体は迷うことなくエリックに向かって体当たりをした。

「うわ…ッ!?」

「アシュリーには手を出させない！　これ以上、悪いことなんてさせるもんか！」

「な、にを」

「とぼけたってだめだ！　僕は兄上のしたこと、全部見てたんだッ！　全部、全部全部、兄上のせいだって知ってるんだッ!!」

「……っ」

「そうだよ、兄上が父上を殺したんだ……ッ！　何もかも悪いのは兄上じゃないか！　それなのにどうして？　どうして母上が殺されなきゃならなかったの!?　こんなのひどい。母上は何もしてないよ…ッ！　父上を殺したのは母上じゃない……ッ!!　悪いのは兄上なのにどうしてなのッ!?」

クリスは叫び、握った拳で何度もエリックの腹を叩く。

エリックのほうは無遠慮に叩かれて頬を引きつらせているが、アベルに羽交い締めにされているのでされるがままになっている。

「う、そでしょう?」

アシュリーは椅子から立ちあがることもできずに、呆然と彼らを見ていた。

エリックがブルーノを殺した……?

それが本当なら、彼は実の父親を殺したあとにアシュリーのもとへ来たということになる。アシュリーが母のもとに駆けつけたとき、既にブルーノは息を引き取っていたからだ。

確かにアシュリーを連れだそうとしていたときのエリックは、いつもと少し様子が違っていた。だとしても、何度も『行ってはいけない』と呼びとめられたのが、そういう理由だったなど思うわけがなかった。

「そういえばあのとき、おまえの姿を見かけたっけ……。一緒にやっとけばよかったな」

悲痛な泣き声にまじり、驚くほど冷淡な呟きが耳に届く。

クリスの話を肯定したも同然の言葉に、アシュリーは愕然とした。

「おい、アベルなにをやってる！　ちゃんとエリックを取り押さえろ！」

そのような中、これまで黙って話を聞いていたジェイドが突如怒声を上げる。

振り向いたときには、彼は既に騒ぎのもとへ駆け寄ろうとしていた。

その視線は少し緩みかけたアベルの腕に注《そそ》がれている。クリスに叩かれながらも、エリックは羽交い締めにするその腕から逃れようともがき、逃げる隙を窺っていたのだ。

「――あっ」

だが、ジェイドが辿りつく寸前のこと。

エリックは素知らぬ顔でクリスの足を払った。

わざとしか思えない。小さな身体がふわっと宙に浮き、次の瞬間クリスはゴツっと頭を打ち、床に転倒してしまう。

「クリス…ッ！」

驚いたアシュリーは慌てて立ちあがり、クリスのもとへ行こうとする。

「僕に触るなッ!!」

その矢先、激しくもがいたエリックがアベルの腕をついに抜けてしまった。

再び取り押さえようとするも、エリックは素早くその腕を掻い潜っていく。

しかし、目の前にはジェイドが迫っており、逃げ場などありはしない。

あとは捕まるだけだと思ったが、なぜだかエリックに諦めた様子はない。何の躊躇もなくジェイドに飛びかかると、その勢いで二人とも床に倒れこみ、いち早く身を起こしたエリックは、あろうことか腰に下げたジェイドの剣を奪い取ろうとした。

「殺してやる…っ」

混乱の中、少しだけ離れた場所にいたアシュリーは、エリックの目の動きを追っていた。闇雲に暴れているように見せかけ、彼の視線は転倒したままの小さな身体に注がれていたのだ。

――クリスが危ない！

狙いを瞬時に理解したアシュリーは脇目も振らずに飛びだす。

そのまま自分が盾になるべく、勢いをつけてクリスに覆い被さった。

これでどうなるかなんて考えている余裕などはない。とにかく小さな弟を守らなければという一心だった。

ところが、衝撃はいつまでたってもやってくる気配がない。

「――ひ…ッ、い、痛ッ、痛ぁあ…ッ!?」

代わりに響いたのは、情けない悲鳴だった。

アシュリーはおそるおそる顔を上げ、その様子に目を丸くした。

うつ伏せに倒されたエリックは両腕を背中で捻りあげられ、首の辺りをジェイドの膝で固められて完全に動きを封じられている。しかも、ジェイドの右手は腰に下げた自身の剣にかけられており、いつでもそれを抜いて止めを刺せる状態だったのだ。

「城の中で遊んでいただけのおまえが、この数年間、戦地に身を置いていた俺の剣を奪おうなんてどんな冗談だ？」

「う…うぅっ」

「別れの挨拶をしたいと言うから場を用意したが、ローランドの王族の挨拶は随分野蛮なんだな。おおかたフラれたのが恥ずかしくて虚勢を張ったんだろうが、好きな相手を蔑んでどうするよ。大体、俺たちを劣った民族と言うなら、それに負けたおまえたちは、さらに劣等種の王族ということになってしまうが、それでいいのか？　そんな情けないことを言うなよ……」

「……ッ」

まるで大人が子供を相手にしているような力の差だった。

ジェイドの息は少しも乱れておらず、押さえつける腕にもそれほど力が込められているようには見えない。

それなのに、エリックは身動き一つ取れないようだった。

たちどころに押さえつけられ、暴言まで諭されて、悔しさを顔に滲ませるのが精一杯だ。

だが、その表情は徐々に苦悶へと変わっていく。それでも拘束が緩められることはなく、次第に彼はか細い嗚咽《おえつ》を漏らしはじめた。

「き、君にはわからない……ッ」

「はぁ？」

ぼろぼろと涙を流しながら言い放った一言に、ジェイドは若干呆れている。

それに気づかないエリックはぐすっと鼻をすすり、またさらに顔をぐしゃぐしゃにして喚きだした。

「だって僕はずっと空気だったんだ！　父上は重要なことには何一つ僕を関わらせず、側近ばかりを重用してきた。そのせいで僕は周囲から散々無能扱いされて……っ、本当にブルーノの息子なのかと嘲笑《ちょうしょう》されることは日常茶飯事《にちじょうさはんじ》だった！　この情けない気持ちが君にわかるか？　そんなにも恵まれた容姿で、前線を任されるほど優秀で！　今なんて自分の国を勝利に導いた立て役者じゃないか！　君が本気になれば手に入らないものなんてないだろう!?」

「……」

「僕は違う！　容姿も頭脳も何もかもがそこそこで、おまけに臆病《おくびょう》だ。なにに対しても自信が持てなくて、幼い頃から存在感の強すぎる父上に怯えていた。だけど、そんな僕がアシュリーのことで初めて主張をしたんだ。彼女が欲しいって、妻に迎えたいって何度も何度もお願いを……ッ。天地がひっくり返るくらいの出来事だよ！　ものすごく勇気を振りしぼって頼みこんだんだ！　なのに父上はそんな僕を鼻で笑って……っ」

エリックは床に目を落とし、嗚咽を漏らしながらゴツっと自分の額をぶつける。

続けて何度かゴツゴツとぶつけ、そのうちに彼の額が赤くなっていく。やがてその動きを止めると力ない声で呟いた。

「あの夜の混乱は、僕にとって願ってもない好機だったんだ。父上を殺せばすべてがうまくいくと思っていたのに、僕は一体なにを手に入れられたんだ……？」

静まり返った部屋にエリックの深い溜息が響く。

彼はブルーノさえ殺せば薔薇色の未来があると本当に思っていたのだろうか。

今まさに敵に攻めこまれているときに、そんな考えを抱くなんてどうかしている。しかも、この様子だと、そのせいで母が殺されたことも知っていたのだろう。

すっかり意気消沈した様子で、エリックは床に額を押しつけたまま動かない。

アシュリーはそんな彼の姿に憤り、しばし無言で見ていた。

しかし、気持ちが落ちつくにつれ、徐々にあの夜の光景に対する疑問が膨らんでいく。

通路にいた全員をジェイドが殺したわけではなかった。

その前提が崩れたなら、考えるべきは一つだけだ。これまでのやりとりを見た限り、クリスがジェイドを慕っているのは明らかなのだから、母を殺したのは別の誰かではないのか……？

「それなら、お母様は？　お母様は一体誰が殺したの……？」

だが、その疑問にエリックは肩をびくんと揺らしただけで答えない。

顔も上げないので、知らないのか、知っていて隠しているのかもわからなかった。

「――ジェイド様、いい加減説明して差し上げたらどうでしょう」

不意に口を挟んできたのはアベルだった。

明らかに真相を知っている言い方にアシュリーは息を呑む。

このとき既にエリックは抵抗する気をすっかり失っていたようだが、アベルは押さえる役を代わり、その先の答えをジェイドに促そうとしていた。

だが、ジェイドは僅かに迷う様子を見せ、すぐには答えない。

教えてくれるなら誰でも構わない。そんなアシュリーの訴えるような眼差しに押されたのか、アベルは大きな溜息をつきながら宙を仰いだ。

「……では私から話しましょうか。どんな理由があるにせよ、これ以上黙っていることに意味があるとは思えません。ジェイド様、よろしいですね？」

一応の了解を得るつもりか、アベルはジェイドに目を向ける。

ジェイドは眉を寄せながら目を伏せたが、そのあとで僅かに頷いたのを見てアベルは静かに微笑む。そうして城に攻めこんだ夜のことを、アシュリーはようやく知ることができたのだった。

「――ジェイド様はあの夜、突入せよとの自らの号令と共に、誰よりも早く城内へ飛びこんでいきました。しかし、それは敵を屠《ほふ》るためではなく、フェリス様とアシュリー様の身柄を確保し、安全な場所へ避難させるためでした」

「え…」

「私はそのあとを追いかけていましたが、ホールに足を踏み入れてすぐ目に飛びこんできた光景は今でも目に焼きついて離れません。武器も持たないフェリス様に、ローランドの兵士がいきなり剣を振り下ろしたのですから」

「ローランドの、兵士…ッ？」

「そうです。相手は顔も名も知らぬローランドの兵士でした。近くにブルーノの遺体が転がっていたことを考えるに、フェリス様は傍にいたというただそれだけの理由で犯人と疑われたのでしょう。……口惜しいのは、あと少しで手が届きそうな場所でそれが起こったということです。けれどいくら俊敏なジェイド様といえども、とても間に合う距離ではなかった。それでもジェイド様は必死でした。フェリス様が床に崩れ落ちていくのを目の当たりにしながらも、ジェイド様は何とか止めようと走ったんです」

静かな声で話すアベルを見上げながら、アシュリーはごくりと唾を飲みこんだ。

通路で見たものは事細かに覚えている。

だから、そこまで教えてもらえれば、あとのことは想像できた。

「じゃあ…、私が見たのは、お母様の敵をジェイドが討ったあとだったということ？」

問いかけにアベルは無言で頷く。

「……っ」

アシュリーは、とんでもない勘違いをした自分が恐ろしくなった。

あの混乱を利用して、エリックがブルーノを殺していたなどとはさすがに思いつくことではないが、アシュリーは最初、目の当たりにしたあの光景に、ジェイドが母を殺したのではと真っ先に疑った。返り血を浴びた彼の姿が怖くて信じることができなかったのだ。だから間違えてしまった。

ローランドの兵士も、そうやって間違えたのだろうか。

アルバラードの軍勢に城が攻められている中で、彼らには母が敵国の人間にしか見えなかった。だからブルーノを殺したと思いこみ、有無を言わさず斬り捨ててしまったのだろうか。

「アシュリー、おまえは北の塔で過ごした五年間をどう考えている？　本当に叔母上がおまえを疎ましく思ってあの場所へ追いやったと思うか？」

「え……？」

唐突な問いかけはジェイドによるものだった。

だが、他にどんな理由があるのかアシュリーには思いつきもしない。

クリスが生まれてから、母は目を合わせるどころか口もきいてくれなくなった。ブルーノにアシュリーを北の塔へ追いやるように要求したのも母だと聞いている。

けれど、今はもう何一つ自分の考えに自信がない。ジェイドを疑い、彼が昔と変わってしまったと決めつけた自分の考えなど信用に値しない。

この五年間をどう考えていると言われても、母の気持ちを問われても、アシュリーは何も答えられなかった。

「なぁ、北の塔へは誰の目にも触れずに行くのが難しいということを、おまえは知っていたか？」

「……？」

「ああ、そうだな。これはあの塔にいたおまえにする質問じゃなかった。おい、エリック、おまえならわかるはずだ。何度も通った道だろ？」

質問の意味がよくわからず首を傾げると、ジェイドはすかさずエリックに話を振る。うつ伏せのままアベルに押さえつけられていたエリックは、最初、ぴくりと肩を震わせるだけでそれ以上の反応を見せなかった。

しかし、「エリック」と、もう一度ジェイドに低く名を呼ばれると、やや間を置いてからゆっくり顔を上げる。その顔は酷く気の抜けた表情で、彼はぼんやりしながらジェイドの問いかけに小さく頷いた。

「……う、ん。……そう…だね。いつも誰かの目があったよ……。北の塔へ続くホールは至るところから見える造りだったし、そうでなくてもこの城は下働きの者だけで何百人もいた。深夜でも衛兵が見まわりをしていたから……」

そこまで聞くとジェイドは頷き、アシュリーのもとに近づいてくる。

彼は何を伝えようとしているのだろう。

誰の目にも触れずに行くのが難しいから何なのか、北の塔へ追いやられたことと何の関係があるのか、それだけではアシュリーにはわからない。

「ブルーノはおまえにも手を出そうとしていたんだ。恐らくそれは昨日今日の話ではないはずだ。叔母上はそれに気づいて、おまえをブルーノから遠ざけたんじゃないのか？」

「まさか…」

「あり得ないか？」

「だってお義父様と話をしたのは数えるほどしか……」

「ブルーノにとっておまえは血の繋がりのない赤の他人だ。美しい女を自分のものにしたいという単純な欲望を前に、話をした回数が関係すると思うか？」

「美しい……？」

「……まぁ、そこはひとまず置いておけ」

「え、ええ」

「少なくとも、あの男が義理の娘に一人で会いに行く姿はかなり目立つだろう。母親だけでは飽き足らず、娘にまで手を出したと知られれば、それ相応の噂にはなる。ブルーノには誰も逆らえる者がいなかったと聞くが、さすがにそこまで厚顔《こうがん》ではなかったのか、それとも、おまえが女として成長するのを待っていただけなのか……」

ジェイドはそこまで言うとアシュリーのすぐ傍で膝をつく。

何かを迷う様子で一瞬だけ目を伏せたが、彼はその美しい青灰色の瞳をすぐにこちらに向けて話を続けた。

「俺は…、叔母上を助けられなかったが……、最期の言葉は受け取った」

「……っ」

「息も絶え絶えだった彼女は、いきなり現れた俺に、アシュリーをお願いと……、泣きながら懇願してきたんだ。死の間際、何度も何度もおまえの名を呼んで、最期までおまえのことばかりを気にかけていたんだよ」

「そ…んな」

嘘でしょうと言いかけ、アシュリーはその言葉を呑みこんだ。

息絶える直前の母の顔を思いだしたら、否定などできなくなった。

『アシュリー』と唇が動いたのを覚えている。

母は泣いていた。絨毯に染みを作るほど涙を零し、こちらをまっすぐ見ていた。

あのとき、昔の母に戻ったようだと思ったのだ。

けれどそうではなかった。

母はずっと大好きだった頃のままで、本当は何一つ変わってなどいなかったのだ。

「私…、ずっとお母様に守られていたの……？」

ふと、転倒したクリスと目が合い、彼を羨ましく思っていたことを恥ずかしく感じた。

居たたまれなくなって小さな身体を抱き上げようとしたが、力が抜けてしまってうまくいかない。

すると、クリスは自ら立ちあがり、アシュリーをそっと抱きしめる。

「母上をずっと独り占めして、ごめんなさい」

「――ッ！」

鼻の奥がツンとして、息が苦しい。

クリスはどうしてそんなことを言えるのだろう。

母を失ったのは同じだ。

哀しみだって同じようにあるはずだ。

今の話を聞いて、そんなふうに思ってしまったのだろうか。

あなたが謝ることなんて何一つない。

そう言ってクリスを抱きしめようとしたが力が入らない。

大切な人を信じ抜くことができなかった自分があまりに愚かで、情けなくて……。

「私は…、お母様のこと……」

お母様のことを、本当はどう思っていたんだろう？

自分の気持ちなのに答えが出なくて途方に暮れた。

そんなアシュリーを見かねて、逞しく力強い腕が包みこむ。

「馬鹿だな。そんな難しいことかよ？　俺たちがこの城で戦闘を繰り広げている中で、おまえは自分の命の危険を顧《かえり》みず、裸足で飛びこんできた。城にいる叔母上が心配で仕方なかったんだろ？　それ以上の答えがどこにあるんだよ」

「……っ」

息が震え、その胸に顔を埋める。

あの夜の気持ちが蘇ってくるようだった。

そうだ。あのときは母を助けたい一心だった。それ以上のことなんて何も考えていなかったとようやく思いだす。

それでも情けなくて悔しい。

寂しくても苦しくても、馬鹿みたいに信じ抜けばよかった。

ジェイドの腕の中はあまりに温かい。

最初からこの温かさを知っていたのにどうして疑ったのだろう。

馬鹿な自分に呆れるばかりで、しばらく身動き一つ取れず、その間、「ごめんなさい」と、誰に対する懺悔なのかわからない言葉をひたすら口にしていた――。

＋
＋
＋

いつしか外は嵐に変わり、窓から稲光が差しこんでいた。

自己嫌悪に陥ったアシュリーは、しばし放心して動けずにいたが、ジェイドに抱きしめられているうちに徐々に落ちつきを取り戻していった。

ようやく自力で立ちあがれるようになり、若干ふらつきながらも皆と一緒に部屋を出ていく中、アシュリーは窓の外に目を向け、こんな天候では今日のエリックの引き渡しは無理ではないだろうかと、そんなことをぼんやりと考えていた。

エリックはアベルや他の兵士に伴われて大人しくしている。

消沈したその背中に何とも言えない想いを抱いていると、隣を歩くジェイドに手を握られた。

骨張った大きな手は、ちょっとやそっとでは離れそうにない。

繋いだ手が『おまえはこっち側だ』と、居場所を示してくれているようで切なかった。

「なんだ？」

「ううん」

首を横に振りながらも彼の顔をじっと見つめていると「変なやつ」と笑われた。

頭の中にはいまだ整理しきれていないことがある。

ジェイドに聞きたいこともたくさんあった。

だけどそんなのはあとでいい。

胸がいっぱいで、今はこれ以上頭に入りそうになかった。

「しかし、すごい嵐だな」

「え？ ……あぁ、本当ね」

ふと、彼が窓の外を見て呟いたので、アシュリーも同じように目を向けた。

横殴りの雨が窓に叩きつけられ、木々が強風で煽《あお》られているのが見てとれる。

だがそれより気になるのは、空を覆い尽くす、どす黒い雲だ。そのせいで昼間とは思えないほど空が暗く、陽が落ちたあとのようになっている。断続的に差す稲光が、かつてないほど間近に迫っているように感じた。

「きゃあ…っ」

と、そのとき、窓の外に光の矢が走り、ほとんど同時に雷鳴が激しく轟《とどろ》く。

アシュリーは思わず声を上げたが、周囲にいた兵士たちも身体をびくつかせていた。屈強な彼らも、こういったものには弱いのかもしれない。

音も光も、恐怖を感じるには充分すぎるほどだ。クリスはいつの間にかアシュリーのスカートの裾を力いっぱい握っている。アシュリーはジェイドと繋いでいないほうの手でクリスの手を取り、ぎゅっと握りしめた。

「うわ…っ!?」

再び雷鳴が轟き、今度は兵士たちの間から悲鳴が上がった。

しかしそれは音に驚いたからではなく、窓の近くを一際強い光が走り抜けた直後、大きな衝撃が城内を駆け巡ったことによる動揺だった。

衝撃は揺れに変わり、皆が足をよろめかせる。

そこかしこで戸惑いの声が上がり、動揺が広がっていく。立つのがやっとの者、それすらできずに床に手をつく者などがいたが、何が起こったかを理解した者は誰一人いない。

そのような中、咄嗟にアシュリーとクリスに覆い被さっていたジェイドが、揺れが収まったところで周りを確認しながら立ちあがった。

「おい、今のはなんだ?」

「か、確認して参りますので、ここでお待ちください!!」

床に膝をついたままだったアシュリーは、そのやりとりに気づいて顔を上げた。

多くの者がまだ動けずにいるのに、ジェイドはいち早く周囲に目を光らせ、既にこの状況を把握すべく動いている。

背中にはまだ彼の温もりが残っていた。咄嗟に守ってくれたことが今になって伝わってきて、それどころではない状況なのに涙腺《るいせん》が緩みそうになる。

「アシュリー、下手に動くな。まだ伏せていろ」

「は、はい」

身を起こして彼の姿を目で追いかけていたら怒られてしまった。

言いながら少し離れた場所から戻ってくるその姿に安堵して、アシュリーはまた床に伏せる。周囲を見ると、僅かな動揺を顔に浮かべてはいても、揺れが収まってからは無闇に騒ぐ者の姿はなく、皆が皆、冷静さを取り戻していた。

その理由は、ジェイドにあるのだろう。

彼は動じる様子をまったく見せない。司令官が冷静だから、自然と皆に安心感を与えているのだ。

「あ…ッ！」

そのとき、稲光が近くを走り、またしても城が揺れた。

激しい雷鳴に全身をびくつかせ、クリスと抱き合っていると、ジェイドの大きな身体が自分たちを丸ごと包みこむ。アシュリーは心強いその腕の中で、腹に響く迅雷《じんらい》と、天から走る断続的な稲光にごくりと喉を鳴らした。

——城に雷が落ちたのかもしれないわ……。

ここまでの悪天候はアシュリーも初めてだった。

けれど、何年もこの場所にいたからこそ、わかることがある。

この城は丘の上に建っているせいか、時々落雷の被害に遭うのだ。アルバラードに攻めこまれる少し前も嵐になったが、そのときは倉庫の一部が落雷によって崩れたと使用人の一人が言っていた。

「ジェイド様ッ、こちらにおられますか!?」

そんなことを考えていると、廊下の向こうに数人の兵士たちが姿を見せた。

先ほど様子を見にいった者たちとは別の者たちだ。その中にはグレンの姿もあり、アシュリーが顔を上げると少しほっとした表情を浮かべていた。

それを横目にジェイドは立ちあがり、自ら彼らのほうへ近づいていく。

「グレン、なにがあった」

「はい。落雷で建物が一部損壊し、そこから火の手が上がったようです」

「負傷者は？」

「何名か。ただ、崩れた場所には人がいなかったため、被害はさほどありません。しかし、一部で混乱が……」

「そうか…」

ジェイドは窓の外を見上げ、忌々しげに顔を歪めている。

差しこむ光が彼の全身を断続的に照らしだすが、暗がりが訪れた数秒、ジェイドの姿を一瞬だけ見失い、アシュリーの背筋にぞくっと冷たいものが走った。

「ジェ、ジェイド…ッ」

不安に駆られて立ちあがり、アシュリーは彼のもとへ近づく。

すぐにまた断続的な稲光がジェイドを照らしたが、彼に光が当たること自体、なぜだか無性に怖くてその袖を摑んで引っぱった。

「アシュリー、いいからおまえは動くな。クリスと一緒に待っていろ。……アベル、この場はおまえに任せてもいいな？」

「は、ジェイド様は…」

「混乱があるなら収められる者が行くしかない。まだ落雷の可能性がありそうだから一喝してくる。それにこの焦げ臭さ……、消火がうまくいってないのかもしれない。この状況では外に出るのは危険だろうし、全員が退避できる場所を確保する必要があるだろう。すぐに戻るから、それまで皆で大人しく待っていろ」

「はっ！」

ジェイドの命令で、アベルやその場にいた兵士たちが顔を引きしめ、統率の取れた声を上げる。

一瞬だけアシュリーを見た彼は、「あとでな」と言葉を残し、身を翻して去っていく。

摑んだ袖は離れてしまい、遠ざかる背中を呆然と見つめた。

「アシュリー、伏せていたほうがいい」

「あ、エリック…」

不意に声をかけられ顔を向けると、両脇を兵士に抱えられたままうつ伏せになったエリックがこちらを見ていた。

「……あの、さっきはごめん。幻滅…、したよね。あんな酷いことを言うつもりはなかったんだ」

「え、え……。もう大丈夫だから……」

まだ割り切れない気持ちは大きいが、何とか平静を装って頷く。

だが、クリスはエリックを見て顔を強張らせていた。あまり刺激してはいけないと思い、アシュリーは口を閉ざし、クリスのもとに戻って小さな身体を強く抱きしめた。

「それにしても彼はなにを考えているんだろうね。こんなときこそ大事な人の傍にいるべきなのに……。僕だったら、他のすべてを犠牲にしてでも君から離れやしないよ」

「……」

ますます遠ざかっていくジェイドの背中。

追いかけたい気持ちを抑え、エリックの言葉に耳を傾けていたが、今のアシュリーの胸には響かなかった。

こんなときだからこそ傍にいてほしいとは思う。

けれど、ここにいるアルバラードの兵士たちを犠牲にしてまで傍にいるというなら、それは違う気がするのだ。

彼らはここ数年、ジェイドと同じ時を過ごしてきた同志だ。

ローランドの降伏を知り、故郷に帰れることに涙を流して喜んでいた人々だ。皆、国に帰れば大切な人がいて、心安らげる場所がある。

そんな一人ひとりの人生を、ジェイドは背負ってきた。

それを見捨てるような男だったら、ここにいる兵士たちが全幅の信頼を寄せた目でジェイドを見ることはないだろう。

ジェイドは彼らを裏切らない。

少しでも多くの人が助かる道を探しているのだ。

アシュリーはジェイドのまっすぐな背中を見つめる。

ここで待とう。皆と同じように、彼を待っているべきだと自分に言い聞かせた。

「アシュリー、髪飾りが取れそう」

「え？　……あ、本当だわ」

不意にクリスに指差され、アシュリーは自身の頭に触れて確かめる。

母の形身の髪飾りだ。動きまわっていたからか、ほとんど取れかけていたので一旦外し、あとで余裕ができたらつけ直そうと手に握った。

しかし、そんなやりとりをしていたところ、ミシ…と、どこからか不気味な音を耳にして、アシュリーはびくっと肩を震わせた。

辺りを見まわしたが何の変化も見られない。

それでも妙にその音が気にかかったのはなぜだろう。廊下の端まで目を凝らし、アシュリーは音の正体を突き止めようとしていた。

そのとき、ふと天井を見上げようとして目を見開く。

「あ…ッ！」

窓側の壁、天井に近い位置に亀裂が走っている。

城の老朽化によるものとはわけが違う。

その亀裂はジェイドたちが向かおうとしている方向からまっすぐ延びていたのだ。

先ほどの落雷が原因に違いない。ジェイドたちがいる場所の天井が徐々に歪みはじめていることに気づき、アシュリーは蒼白になって立ちあがる。誰かに説明している時間さえ惜しいと、近くにいた兵士にクリスを預けて一目散に駆けだした。

「アシュリー様、どうされたのですか!?」

「皆は絶対に動かないで!!」

アシュリーは足を止めることなく、大きな声を張りあげる。

後ろから止まるようにと叫ぶ声が聞こえたが、それどころではなかった。

廊下を進むごとにミシミシと音を立てて走る亀裂がなおも深く刻まれていく。

次に雷が城に落ちたらどうなるのか。

たとえあの場所に落ちなくとも、城のどこかに落ちて、もう一度同じような揺れがきたらどうなる？

思いすごしでも構わない。何も起こらなければそれでいい。今は一刻も早くジェイドたちをあの場から避難させなければと、頭の中はそれしかなかった。

「ジェイド――ッ!!」

「……!?　アシュリー、おまえどうしてここに！」

アシュリーの声に驚き、ジェイドは目を丸くして振り向く。

だが、説明する時間はない。いつ次の落雷があるかわからないのだ。

アシュリーは息を切らしながら近くの部屋の扉を乱暴に開けて中を見まわす。亀裂は廊下に沿って走っているから、部屋の中のほうがきっと安全だ。閉じこめられてもここならバルコニーから外に出られるだろう。

「この部屋に入って！」

「お、おい」

「いいから言うことを聞いて！　早く…ッ!!」

アシュリーは目をつり上げ、声を荒らげる。

戸惑っているのも構わず、一緒にいた兵士ごとジェイドたちをその部屋へ力いっぱい突き飛ばした。

しかし、自分も部屋に足を踏み入れようとしたそのとき、恐れていたことが起こってしまった。

辺り一面が真っ白になるほどの光に包まれ、凄まじい雷鳴が鼓膜を揺らす。

途端に崩れかかる天井が石の塊となって、まだ廊下に取り残されていたアシュリーに襲いかかろうとしていた。

「アシュリ――ッ！」

ジェイドが叫びながら手を伸ばす。

アシュリーも咄嗟に手を伸ばそうとしたが、足下がぐらつき動きが取れない。

しかも、手に持っていた髪飾りをその拍子に落としてしまった。

アシュリーは慌ててその上にのしかかる。摑んでいる余裕などなく、どこかへ転がって見失うよりはましだという一瞬の行動だった。

その直後、音を立てて天井が崩れ落ちていく。

潰されるかもしれない。ここで終わりかもしれないと身を硬くした。

足に衝撃と痛みが走ったが確かめるどころではない。何一つ状況がわからない中、すぐ傍に石の塊が落ちた気配がしても、アシュリーは目を瞑《つむ》って時が過ぎるのを待つことしかできなかった。

やがて、崩落の音が徐々に小さくなっていく。

それも止まると響くのは雷鳴だけとなった。

目を開けると辺りは真っ暗だ。雷の音は響くのに、稲光が見えない。

ジェイドは、他の人たちは無事だろうか。

「アシュリーッ!!」

と、そこでジェイドの声が耳に届く。

ああ、よかった。彼は無事だったのだと胸を撫でおろし、身を起こそうとした。

「……あ、れ？」

しかし、なぜだか身動きが取れない。

おかしい。石の塊に押し潰されたわけでもないのに全身に妙な圧迫感がある。

暗さに慣れてきたので目だけで周囲を確認し、アシュリーはそこでやっと事態の深刻さを理解した。

四方を石の残骸に囲まれている。どういう状態で自分がいるのか、むしろこの状況で生きていることのほうが奇跡なのではと思うほどだった。

「う…っ」

おまけに身体のあちこちが痛い。

特に痛いのは右足だ。強く押さえつけられている感じがするので、もしかしたら挟まれているのかもしれなかった。

「アシュリー、アシュリー……ッ！　俺の声が聞こえないのか!?　返事をしろッ!!」

自分の状況を確認している間も、ジェイドの声がずっと響いていた。

焦りを募らせた悲痛な声で瓦礫《がれき》を掻き分けているのが伝わってくる。

早く返事をしなければと空気を吸いこむが、うまく声が出てこない。

「アシュリーッ！」

ジェイドは何度も叫ぶ。

聞いていられないくらい痛ましい声で呼ばれていた。

「ジェ…ド……ッ」

やっとのことで声を絞りだしたが、届きそうもないほどか細い。

「……ジェイ、ド、……ジェイド……ッ」

けれど、私はここだと、それだけでも彼に伝えなければと、必死で声を振りしぼった。

「アシュリー!?」

少しして、ジェイドの反応が変わった。

声が届いたのだろうか。そうだといい。

程なくして頭のほうへ近づく足音が聞こえ、期待が確信に変わり、アシュリーはほうっと息をついた。

「ここか!?　生きてるんだな!?　どこか痛いところはあるか？　俺に全部教えろ！」

「……足が」

「足？」

「挟まれて……。他は、多分……平気……」

「よしわかった。いいか、俺が行くから待ってろよ！　——ああ、アベル、おまえも無事か。だったら手伝え。アシュリーが中で足を挟まれてるんだ。ここが頭だから、多分あの辺りが足だ。少しずつ様子を見ながら瓦礫を取り除くんだ。おい、おまえたちも無事ならさっさと動けっ！　エリック、クリス、おまえらもだ!!」

「は、はいッ！」

どうやら他の人たちも無事みたいだ。

ジェイドの剣幕に圧されている様子が伝わってきて、それがなんだかおかしかった。

「ジェイド様、そんなに無茶をしたら手が……ッ」

「これが無茶のうちに入るかッ！」

周囲が止めるのも聞かず、彼は脇目も振らずに瓦礫を取り除いてくれている様子だ。

ジェイドの呼吸がどんどん乱れていく。その間も幾度となく『アシュリー、もうすぐだからな』と励まし続けてくれて、それがすごく心強かった。

そのうちに僅かながら光が差しこみ、空気の通りも良くなっていく。

ジェイドや他の人たちの息づかいが近づき、声を掛け合いながらアシュリーの周りにある瓦礫を取り除いていくうちに、いつしか足下の圧迫も和らいでいった。

「おい、アシュリー！　こっちを見ろ！　俺がここにいるのわかるか？　わかるだろ⁉」

「う、ん……」

見ろと言われても、うつ伏せでいるのでそう簡単にはいかない。

それでも何とかして首を傾けると、拓けた視界にジェイドが顔を覗かせているのが見えた。

目が合うと彼は顔をしかめて唇を震わせ、何かを我慢したような不思議な表情を浮かべる。それは、どこかで見たことのある懐かしい表情で、アシュリーはすぐにいつのことだったかを思いだした。

七年前の別れの日に見たあの表情とまるで同じだ。

別れの挨拶をしたかったのに彼はさせてくれなかった。これからはジェイドの寝癖を直せないのだからと、手鏡を渡したときと同じ顔を今もしている。

――なんだ、ジェイドはあのとき、泣きそうだったのを我慢していたのね。

あのときは初めて見た顔だったからわからなかった。

ならば、あれからジェイドは泣いたのだろうか。

こんなふうに悔しげな顔をして涙を流していたのだろうか。

「馬鹿ッ、馬鹿アシュリー！　俺はなぁ、いつか必ずおまえを奪い返してやると、そのことを胸に刻みながら今日までやってきたんだ。この七年、おまえを忘れたことなど一日もなかった。おまえがいなければ、もう俺の人生抜け殻みたいなもんなんだよ。おまえがいなければ何の意味もないんだ……ッ！　やめてくれ。もう俺の前からいなくなるなよ。勝手に俺の視界から消えるな!!」

彼は大声で叫びながら、アシュリーに手を伸ばす。

見えた手のひらが血だらけだった。

なんて無茶なことをしたのだろう。なんて顔をしているのだろう。

ぐしゃぐしゃの顔で、悲痛な涙が彼の逞しい腕に零れ落ちる。がっしりとアシュリーの脇を抱え、外へ向かって引きずりだされた。その力で一気に全身が瓦礫から抜けだし、彼の胸に閉じこめられる。

これ以上なく幸せな瞬間だった。

だって、こんなにすごい話を聞いたのは初めてだ。

「ジェイド…っ、私だって同じなのに……。忘れたことなんて…、なかった。どうして自分だけ……思うの……？　私だって…、あなたを守りたい。決まってる、のに……」

「……ッ」

きっと彼と似たような、ぐしゃぐしゃの顔をしていたと思う。

だけど、そんなのはどうでもいい。やっとジェイドの本音を聞けた。

色んなことがあったのだと思う。綺麗事では済まないこともあったはずだ。

だとしても、彼の根底にあるものは昔と何ら変わりがないのだと、それがわかっただけで充分だった。

歓声が上がり、息をつくと同時に、すうっと目の前が白んでいく。

ジェイドが何かを叫んでいたが、よくわからなかった。

あれだけ激しい雷鳴がいつ止んだのかも記憶にない。

ただ、彼に背負われてしばらく揺られていたことと、途中焦げ臭い場所を通り抜けていく感覚があっただけで、実際はそれさえもあやふやなまま、アシュリーはそれから三日間、完全に意識を失ってしまったのだった。

第五章

城に落雷があった日から、十日が過ぎようとしていた。

あれほどのことがあり、建物の損傷はさぞや甚大《じんだい》だったのではと誰もが思っていたが、翌日になって被害状況を確認したところ、ジェイドたちがいた場所と彼が向かおうとしていた場所の一部が崩れただけで、崩落の規模はさほどのものではなかった。

それでも何名かの怪我人が出たし、下敷きになったアシュリーなどは一番の被害者となってしまった。

傷の大半が打ち身や擦り傷で済んだのは幸いだったが、瓦礫に挟まれた右足は紫に腫《は》れあがり、骨に異常はないものの完治まで少し時間がかかる見込みだ。

だが、あの状況を考えれば、その程度の怪我で済んだのは奇跡だった。

母の髪飾りが手から落ちてしまい、揺れで摑めそうになかったのでのしかかったところ、瓦礫に埋まってしまったのだと説明すると、たまたま倒れこんだその場所に一人分の隙間ができたことが奇跡なのだ、フェリス様が助けてくださったのだと皆が涙を流し、無事に見つかった髪飾りに手を合わせる者が続出した。

ジェイドはというと、後処理はアベルに任せて、あれからずっとアシュリーに付きっきりだ。

こまめに足を水で冷やし、包帯を取り替え、怪我をした部分に薬を塗りこむなどの手当てをするだけでなく、食事や着替えなどの日常の世話までしてくれていた。

けれど、痛みが引いて体力が回復していくうちに、アシュリーには気になって仕方のないことができた。

人のことばかりで自分に気が回らないのか、日に日にジェイドの美しい銀髪がボサボサになっていくのだ。

「あぁ、言い忘れていたが、落雷のあった二日後にエリックの引き渡しは済んだからな」

先ほど汲んできた井戸水でアシュリーの足を冷やしながら、ジェイドはふと顔を上げた。

アシュリーはその話に耳を傾けながら、ところどころ飛びだした髪がくるんと上向き、ゆらゆらと揺れているのを目で追いかける。

——はねた髪が空中で遊んでいるようだわ……。

直したくてウズウズしてしまう気持ちをぐっと堪え、アシュリーは彼からサッと目を逸らして頷いた。

「……え、ええ、知ってるわ。アベルが教えてくれたから」

「アベルが？　どういうことだよ。あいつ、俺のいない隙を狙って部屋に来てるのか？」

「そうじゃないわ。ここでよくクリスと一緒に遊ぶけど、ジェイドはいつも途中で休憩してくると言って部屋から出ていくでしょう？　そのときに様子を見にくるだけよ」

「それが隙を狙ってるってことだろ……」

ジェイドは腑に落ちない様子で眉を寄せ、ぶつぶつ言っている。

だが、アベルは別に下心があってやってくるわけではないのだ。

ここに来た当初、彼はアシュリーがこれまでどんな状況に置かれていたのかをまったく知らなかった。あまりにも無知なことに苛立ち、冷たく突き放してしまったことを随分後悔していたらしく、目が覚めて間もなくの頃、アベルから謝罪される一幕《ひとまく》があったのだ。

それからここに様子を見にきてくれるようになったのだが、ジェイドがいないときに彼が来るのは二人の邪魔をしないようにと、むしろ配慮してのことだった。

「それより教えてほしいことがあるのだけど」

「なんだ？」

「その…、ローランドと戦うことになった経緯について。アベルに聞いたら、この話はジェイドから聞くべきだと言われて」

本当はジェイドから話してくれるのを待っていた。

けれど、こうして一日の大半を一緒に過ごしているにもかかわらず、彼はいつまでたってもその話を口にしない。軽々しく話せない内容だというのは察せられたが、母がブルーノに嫁がざるを得なかった理由に、アルバラードとの戦争を回避するためということがあったと思うと、それもやむなしとした訳を知らずにはいたくなかった。

「まぁ、そうだよな」

ジェイドは小さく頷き、アシュリーの足を桶《おけ》から出す。

用意していた布で丁寧に拭き、それが終わると動きを止めた。そうして足に触れたまま視線を落とし、しばし考えこむ様子を見せてから、彼はようやく事の顛末《てんまつ》を語りはじめた。

「――叔母上とアシュリーがローランドに行って数年は国境沿いの小競り合いが激減し、誰もがこのときが長く続くことを願っていた。……だが、その平穏が表面上のものでしかなかったことを痛感せざるを得ない出来事が、今から三年前に発覚したんだ」

「どういうこと？」

「やつらが新たに主張しだした土地にはアルバラードの人々が住んでいたが、その人々が次々に誘拐され、ローランドで奴隷として売買されていたことがわかった。発覚が遅れたのは集落ごと攫われていたせいで、今思えばそれも計算のうちだったんだろう。その穴を利用してローランド側は密かに領土拡大を目論《もくろ》んでいた」

「なんてことを…！」

強引に攫ってきた人々を奴隷にするだなんて、あまりに酷い。長年いざこざが続いて、その溝が埋められずにいたとはいえ、どうしてそこまで酷いことができるのだろう。

アシュリーは愕然としたが、エリックが突如激昂したときのことをふと思いだす。

『僕たちが何十年君たちより優位にいたと思う？　劣った民族の血が流れている君とはもともと立場が違うんだよッ！』

唯一優しく接してくれた彼でさえ、そういった感覚を持っていたのだ。

多かれ少なかれ、ローランドの人々の根底にはアルバラードを見下し、人を人とも思わない感情が植えつけられているのかもしれない。それは、アシュリーがこの七年で味わった疎外感に通じるものでもあった。

思いを巡らせているとジェイドは立ちあがり、部屋の隅に置いてあった椅子をベッドの傍まで持ってきて、どかっと腰を下ろす。

彼なりにちゃんと話をしてくれようとしているのだ。それがわかって、アシュリーもベッドに腰かけたまま、ぴんと背筋を伸ばした。

「もちろん、俺たちもそれでいきなり宣戦布告をしたわけじゃない。まだそのときは確たる証拠がなかった」

「ええ…」

「だからひとまず冷静になって、段階を踏むことにした。運よく攫われずに済んだ者、命からがら逃げ帰った者たちの証言をかき集め、その話をもとに相手を牽制《けんせい》しようとしたんだ。当然、侵攻を阻止するのが一番の目的だった。……まぁ、それで引き下がるかはともかく、段階を踏むという意味では間違っていないと思えたから皆がそれに賛同した。あぁ、それから、ローランド側からの協力者が現れたことも大きかった」

「協力者!?」

ローランド側にそんな奇特な人がいたことに驚き、アシュリーは思わず大きな声を出してしまう。

それに対してジェイドは神妙な顔で頷き、思わぬ人物を口にした。

「叔母上だよ」

「……お…、お母様…ッ!? じゃ、じゃあ、お母様はずっとアルバラードと連絡を取っていたということ?」

「いや、三年前が初めてだった。人々がこつ然と姿を消しているという情報を俺たちが得て間もない頃、ある日突然差出人のわからない手紙が届いたんだ。それは人々が奴隷として売買されていることを報せる内容で、筆跡と文章のクセで叔母上のものとわかった。まったくの音信不通が続いていたから陛下も驚いていた。きっとローランド内のさまざまな情報を得るために相当な努力を積み重ねたんだろうな。それからあとに激しい衝突が起こったが、そのときにおまえたち二人のどちらかが見せしめに殺された可能性だってあったんだ。それを回避できたのは、叔母上がローランドの人々に完璧なまでに溶けこみ、ブルーノからの寵愛を一身に受けていた成果とも言える」

「そんな……」

「叔母上が何一つ真実をおまえに伝えなかったのは、危ない橋を渡らせたくなかったからだと俺は思う。内情を探っているのはもちろんのこと、密書の存在がばれれば命はない。北の塔に隔離したのも、一切の接触を持たなかったのも、万が一のことが起こっても自分とは無関係と知らしめるために必要だった。当然、ブルーノから守るという意味合いもあっただろうが」

「……ッ」

想像もしないことばかりで二の句が継げない。

己の心をひた隠しにし、ブルーノさえ騙しとおすほどの振るまいをして、母はさまざまなものを守ろうとしていた。

しかしそれは、どんなにか自分を殺す行為だったろう。

真実を知れば知るほど、自分が何も見えていなかったこと、そしてどれだけ母に守られていたのかを思い知らされるばかりだ。

あまりのショックで放心しかけたが、ぐっと拳を握ってジェイドを見つめる。

この話はまだ途中なのだ。充分衝撃的だったが、戦いのきっかけになった出来事を彼はまだ話していなかった。

「さまざまな情報からローランドに非があるのは明らかだ。それを問いただすべく…、というのは建前で、実際は相手を牽制しに陛下の代理としてローランドに赴《おもむ》いたのが俺の父だった。父も王族の一人だ。向こうもそれなりの対応をせざるを得なくなり、ローランド王と直接話をする手筈にもなっていた。……だが、その直前で父は暗殺されてしまった」

「そんな、ライナス伯父様が…っ!?」

「そうだ。よりによってローランドの王都でだ！　向こうはしらを切ったが、そんな言い訳が通用するはずがない。アルバラードはそれを宣戦布告とみなし、自国民を取り戻すという正義のもと奮起《ふんき》し、ローランドへの侵攻が始まった」

ジェイドは苛立ちを隠しきれない様子で息をつく。

肘掛けを摑み、皮膚に血管が浮きあがり、怒りが抑えきれないのが見てとれる。

アシュリーの視線に気づいてか、彼はふいっと目を逸らして平静を装いながら足を組み、窓の外を見ながら話を続けた。

「俺は…、父の敵を取ることを誓い、前線に立たせてほしいと願いでた。二年の月日をかけて王都近くまで兵を進め、ひたすら邁進《まいしん》していった。もともと劣勢だった俺たちにそんなことができたのは、指示系統を明確にすることで兵站《へいたん》がうまくいったことと、士気の高さによるものが大きい。兵を進めるうちに、日和見《ひよりみ》だった周辺諸国が協力の手を差し伸べてきたこともさらなる力となった。……だが、アシュリー、おまえと叔母上を取り返せるのはこの戦いに勝利してからだと俺はずっと考えていた。二人を無事にアルバラードへ帰すことを講和の条件の一つにするつもりだったからだ。しかし、今から一か月ほど前、叔母上から二度目にして最後となる密書が届いたことで、状況が少し変わった」

「え……」

「奴隷の売買が行われている拠点はブルーノの居城。噂では次の新月、大きな競りが行われるとのこと――。それを読んだとき、全身の血が沸きたつのを感じた。ここには叔母上もアシュリーもいる。二人を取り戻すことは俺の悲願だった。行かないわけがない、攻めこまない道理がない。アルバラードの軍勢は王都に向かう部隊とブルーノの居城に向かう部隊とに分かれ、俺たちは新月を狙ってこの城に奇襲を仕掛けた。密書に書かれていたとおり、奴隷を売買していた現場も押さえ、この戦争を仕掛けた大義名分はこれで証明された。売られた先を辿っていけば、すべてとはいかずとも不幸な人々を取り返せるだろう。叔母上のことは辛いが、それでもアシュリーだけでも奪い返せたなら充分な戦果だ。そう思わねばならないほどの犠牲を俺たちは払ってきた。……綺麗事など言うつもりはない。血まみれの屍の上に立つ覚悟でこれまでやってきた。おまえがローランドに旅立つとき、強くなければ大事なものさえ守れないと俺は知った」

「ジェイド……っ」

アシュリーは目に涙を溜め、身体を震わせていた。

七年前の旅立ちの日、ジェイドは必死に涙を堪えていた。

あの日の彼を追いかけられたなら、どんなにかよかっただろう。

追いかけるのはいつだってアシュリーのほうだった。意地悪をされても、何度泣かされても彼を追いかけた。ずっとずっとそんな日々が続くのだと思っていた。

この地に来てわかったのは、それがどれだけ幸せなことで、どれほど自分がジェイドを好きだったかということだ。

「おい、なにを……」

アシュリーは立ちあがり、彼が驚いているのにも構わず、その広い胸に飛びこんでいく。

それを両腕でしっかり抱きとめたジェイドは小さく息をつき、少し怒った口調でその行動を窘《たしな》めた。

「危ないだろ。馬鹿なことすんな」

「ごめんなさい」

「な…に、言ってんだ」

「何度も戻りたいって思ったけど、アルバラードはあまりに遠すぎて……」

強く抱きつき、彼の温もりに顔を埋める。

少し前までの自分が大嫌いだ。

疑心暗鬼になって、母もジェイドも信じ抜くことができなかった。

もう何一つ見誤ることのないように強くなりたい。

母のように、ジェイドのように、何にも負けないように強くなりたい。

抱きしめ返してくれる腕の中で自分の弱さを痛感しながら、アシュリーは心の奥でその想いを深く刻んだ。

「だけど、もっと早く教えてほしかった。知っていれば馬鹿な間違いをせずに済んだのに……。ライナス伯父様のこと、口にするのも嫌だったの？」

アシュリーは顔を上げ、ジェイドを見つめる。

自分の間違いを棚に上げる気はないが、腑に落ちない気持ちは多少あった。

「いや、父のことは二年も前の話だ。腹は立つが口に出せないほどじゃない」

「じゃあ、どうして？」

「おまえさ、再会した瞬間、俺のこと悪いやつだと思っただろ？　ものすごく怯えていたのがわかったから、だったら向こうの連中がまだいる間は、誤解させたままにしておこうと思ったんだ」

「えぇ!?」

「だって、本当のこと言ったらどうするよ。ローランドの味方をする演技なんておまえにできるのか？　できやしないだろ？　地下牢に連れていったときだって、エリックを見た瞬間に顔色が変わったのを俺は知ってるんだからな。まぁ、それでどいつがエリックか大体の目星はついたが」

「な…ッ、あのときにもうわかってたのっ!?」

「それはそうだろ。あれくらい見抜けないでここまで生きのびられるか。こっちだってブルーノが死んだせいで、エリックから聞きたいことが山ほどできたんだ。肝心なことはほとんど知らなくてがっかりだったが、知ってることはペラペラよく喋ってくれたからブルーノの腹心たちを拘束できたし、充分な証言も取れた。もしかしたら、エリックみたいなやつが意外と生き残れるのかもしれないな」

「そんな妙な感心を……。でも、話を聞いてもやっぱり納得できないわ。いろいろ確かめたいことがあったのはわかったけど、別に私がローランドの味方をする演技なんて必要ないじゃない。そもそも地下牢に連れていったことに何の意味があったというの？」

ここまでの話では、アシュリーが真相を知っていたところで何ら問題がないように思えた。もし意味がないというなら酷すぎる。最初に『悪いやつだ』と思ってしまったのが理由なら、もっと酷い。それを悪びれもせずに言っているのならあんまりだった。

「何の意味って、そんなの決まってる」

「決まってるって？」

「制圧したとは言ってもここが敵国だからだろ」

「そうだけど……、それがなんだというの？」

「だから、何年も戦いが続いている中で、おまえがこの地でまともな扱いを受けていないことなんて予想済みだったたっていうんだよ。さすがにあんな塔に追いやられているとは思わなかったが……。実際、地下牢で散々なことを言われてただろ？　とりあえず俺が悪者になっておけば、おまえもやつらの味方をするだろうし、連中も少しはおまえの見方を変えると思った。そういうのは噂として広がるもんなんだよ。おまえが危険に晒《さら》される可能性は少なくなるに越したことはないんだ。この地にいる間は、どんな刺客に狙われるかわからないんだからな」

「え…。それって、……じゃあ、すべて私のためということ？」

「胸くそ悪かったが仕方ないだろ。適当にけしかけただけなのにエリックのために嘘はつくわ、処女まで捧げるわで、あいつのことが好きなんじゃないのかと最初は本気で腹が立った」

「う…っ」

じろっと睨まれ、アシュリーは思わず小さくなる。

敢えて何も教えなかったにせよ、彼の側に立てば確かに腹立たしい話だ。

思えば最初に抱かれたとき、彼は無理難題をぶつけることで『その気にできなかった』

という流れに持っていこうとしていたのだ。それをアシュリーがすべて受け入れてしまったから、あとに引けなくなってしまった。気が進まないのにアシュリーを抱いたとアベルに零していた気持ちも今なら分かる気がした。

「大体、おまえが瓦礫に潰された件だって俺はすごく不満なんだ。こんな…ッ、怪我とか……。俺を庇うとか……っ。あんな小石どもなんて、俺の運動神経をもってすれば軽く避けられたんだからな！」

そう言って、なぜかジェイドはふんぞり返って威張《いば》っている。

まるで子供のような屁理屈だ……。

昔も、アシュリーが言い返すと妙な屁理屈ばかりを捏ねていたので、それと似たようなものなのだろう。

しかし、ここで落雷の話を持ちだされるとは思わず、ちょっと納得できない気持ちが沸きあがり、アシュリーはぼそっと呟く。

「ジェイド、泣いてたくせに……」

「――ッ!?　それはッ」

ジェイドは目を見開き、一気に顔を赤くする。

その動揺した様子が可愛くて思わず吹きだしてしまった。

「……なぁ、おい。この話、もう終わりにしないか？」

やや不貞腐れた顔で言われて笑いを堪えるのが大変だ。けれど確かにそのとおりだとアシュリーは頷く。すべてを打ち明けてくれたのに、不毛な言い合いはしたくなかった。

「ねぇジェイド、それよりこの頭はなに？　いくらなんでも酷すぎると思うのだけど」

「頭？　な、なんだ？　おい、なにしてる」

戸惑っているのは、彼の頭にいきなり手を伸ばしたからだ。

先ほどから気になって気になって我慢の限界だった。自分のことに気が回らなかったにしろ、どうしてこんなにボサボサでいられるのだ。

「もう、酷い寝癖ね。鏡のなかった私でも、ぼんやり窓に映ったのを見ながら整えていたのに」

「寝癖？　ああ……。おまえ、鏡、なかったのか？」

「そうよ」

「そう…、か」

ジェイドは曖昧に頷き、なぜだか黙りこんでしまう。

だが、大人しくなったのでちょうどいい。相変わらず柔らかくて手触りのいい髪に思う存分指を通し、何とか手櫛だけで形を整えていった。

「私、ジェイドの髪を触るのが好きだったな」

「……」

「だけど本当は、ジェイドに触るのが好きだったんだと思う」

「回りくどい告白だな」

「茶化さないでよ…」

「わかったから、ちゃんと告白してみろよ」

「え…」

「いいから、さっさと好きだと言え」

そんな情緒の欠片もない……。

命令じみたことを言いながら、ジェイドは目を細めてこっちを見ている。

背中に回された手が少し熱い。それに口端をきゅっと引きあげているのが、彼が高揚しているときのくせだとわかってしまって顔が熱くなった。

「今さらその反応かよ」

「あ…っ」

俯いていると、突然抱き上げられベッドの上に運ばれる。

そのまま寝かされて、アシュリーの足を気にする様子を見せながらも、ジェイドはいきなりのしかかって間近で言い放った。

「あのなぁ、おまえはわかりやすいのがいいんだろうが！　ちょっとしたことで、くるくる変わる表情が可愛かったんだ。たわいないことで泣くのが可愛かったんだ。それでも追いかけてくるのが可愛くて、泣き顔を見たくてまた意地悪なことを考えるのが楽しかったんだよ！　いいか、俺はおまえの泣き顔が何よりも好きなんだ！　もう、つまらない顔で感情を押し殺したりするな。俺の楽しみをおまえが奪うな！」

「は…」

一気に捲し立てられ、アシュリーはぽかんと口を開ける。

もしかして、これは彼なりの告白なのだろうか。

だってジェイドから可愛いと言われたのも、好きだと言われたのも初めてだ。

――小さな頃、ジェイドに意地悪をされていたのは、そういうことだったの……？

しかも、再会してから『つまらない顔』と何度か不服そうに言われたその理由にはさすがに脱力してしまう。顔の造形に文句があるのかと思って、ずっと傷ついていたのだ。

「私だって成長したんだから、そう簡単に泣くわけないのに……」

「っは、あんなのが成長っていうかよ。なんでも我慢すればいいってものじゃない」

「だけど、思うままになんてできなかったの。なんでも我慢するしかなかったんだもの」

「だからって俺にも我慢するなよ。泣きながら言い返してくるのを期待していろいろ言ってるのに、おまえが黙りこむから虐めたみたいになって後味が悪かったんだ」

「じゃ、じゃあ言うけど、つまらない顔なんて人に言う言葉じゃないと思うわ！　言葉の選び方が雑すぎる！　ずっと不細工だと言われていると思ってたんだから！」

「そん…ッ、……そ、そういう意味じゃないって言っただろ」

ジェイドはそこで一気に怯んだ様子を見せ、声をひそめる。

多分アシュリーが誤解したことには気づいていたのだろう。だからそういう意味じゃないと訂正したつもりでいたのだろうが、言葉が足りていないのでこちらには伝わらなかったのだ。

「……ごめん」

「え？」

「そういうふうに傷つけるのは嫌いだ。悪かった」

「ジェイド」

彼はまっすぐアシュリーを見て素直に謝罪する。

まさかこんなにあっさりと頭を下げられるとは思いもせず、アシュリーはびっくりしてしまう。

しかし同時に、今のやりとりがおかしくなって笑ってしまった。

誰かとこんなに言い合ったのは久しぶりだ。

というより、こんなやりとり、他の誰ともできない。

――ジェイドは肝心のことがわかってないのよ。

彼と再会してからアシュリーはどんどん我慢が下手になった。何度も泣きたい気持ちになって、そのたびにやっとの思いで堪えていた。

ジェイドの前では感情が抑えられない。

彼を想うだけで胸が詰まってしまう。

意地悪なことをされても、ジェイドはそれだけじゃなかった。ちゃんと優しいことを知っていたからアシュリーはめげずに追いかけていた。

追いかけて、触りたかった。触っていると幸せで堪らなかった。

こんなふうに想える人なんて、彼以外には絶対にいない。

「あなたが好きよ」

「……ッ」

「ずっとずっと好きだった。今はもっと好きよ！　ねぇ、知ってるでしょう？」

いきなりの熱烈な告白に、ジェイドは少し驚いた顔をしていた。

けれどすぐに唇を綻ばせて、勝手に零れてしまうアシュリーの涙を指でなぞり、「ああ、知ってる」と掠れた声で囁く。

彼は瞼に頬にと口づけながらアシュリーを強く抱きしめた。

「知ってるけど……、ちゃんと確かめさせてくれよ」

「あ…っ」

耳元で甘く囁かれて、肌がざわめく。

薄く開いた唇の隙間に舌が差しこまれ、同時に口が塞がれる。

上顎を舌で突かれ、くぐもった声を漏らすと、アシュリーの舌先から奥に向かって熱い舌でゆっくりと舐められた。

撫でられるような動きに背筋がぞくぞくとし、自らその舌に絡みつきながら彼の首に腕を回す。後頭部を撫で、触り心地のいい髪を繰り返し指で梳くと、ジェイドの肩と首がびくついた。

「その触り方やめろ…。さっきと違う……」

戸惑った様子で窘められたが、やけに頬が上気している。

少し頭を揉んだり、髪の生え際まで指を差しこんでいるだけで、別にそこまで変なことはしていない。

だが、目の縁が妙に赤く色づいているのが悪戯心を刺激し、アシュリーはわからない振りをして彼の髪をまた指で梳いてみた。

「――ッ」

髪を梳かれるたび、ジェイドは肩をびくつかせて息を震わせている。

彼はこんなふうに触られるのが弱いのか。はねを直していたときは平気そうだったのに、意図的に触れた途端こんな反応が返ってくるとは夢にも思わず、なんだかいけないことをしている気分にさせられた。

「……ッ、おまえ…、よほど俺に可愛がられたいらしいな」

しかし、さすがに悪戯が過ぎてしまったようだ。

首の後ろを指先でなぞった途端、これまでで一番の反応を見せたが、ジェイドは口角をきゅっと引きあげて邪悪ともとれる微笑を浮かべた。

アシュリーは危険を察知し、一旦腕の中から抜けでようとする。

そんな動きを見逃すはずもなく、彼は自身の唇をべろりと舐めるとアシュリーの顎を摑み、間髪を容れず唇にかぶりついてきたのだった。

「んん…ッ！」

動揺していた舌は容易く捕らえられ、きつく舌が絡みつく。

すぐに息が苦しくなってもがいたが、そうするほど巻きつく力が強くなる。蛇のような動きで追い詰められて首に回した手に力を込めたが、ジェイドは口を離してくれなかった。

「ふ、うぅ…」

そのうちに顎を摑む手が外れ、その手で胸を揉みしだかれる。

もう片方の手はアシュリーの太ももを弄り、それにびくついているとお腹の辺りまでスカートをたくし上げられ、脚の付け根にジェイドの右の膝がぐっと押しあてられた。

「んんうッ！」

背を仰け反らせると、それを愉しむように何度も膝を押しつけられる。

直接下肢に感じる圧迫感が彼自身を受け入れたときを思い起こさせ、アシュリーはそのたびに声を上げ、背をしならせた。

「あまり暴れるなよ。足がまだ治ってないんだ」

「っは、ん、…は、あ、はあっ」

ジェイドはそこでようやく口を離し、耳たぶを甘噛みしながら囁く。

その間も彼の手は動き続け、服の上から親指で乳首を捏ねまわし、まるく円を描くように乳房を揉まれた。

尖らせた舌が首筋や鎖骨をなぞり、離した親指の代わりに乳首を舐める。唾液で濡れた布にぷくっと尖った乳首が浮かび上がり、卑猥なその光景に顔が熱くなった。

「あぁ…ッ」

下肢に押しつけていた彼の右膝は、時折思いだしたようにぐっと力を込めてくる。

その都度全身を波打たせ、アシュリーは抑えきれずに甘い声を漏らした。

「足、そんなに動かすなって言ってるだろ?」

「そんなこと…、言ったって……ッ」

動くなと言われても勝手に動いてしまう。

ジェイドがそうさせているくせにと目で訴えると、彼はアシュリーの右足に目を向け、おもむろに膝の後ろを摑んで股を開かせた。

「な、なにをするの？」

「なにって、怪我の様子を確認してるだけだ」

「だけどこんな恰好……」

ジェイドは自分の手のひらにアシュリーの足裏を乗せ、紫になってまだ少し腫れている
くるぶし付近をまじまじと見ている。

けれど、片足だけ彼の前に差しだしたこの恰好はかなり恥ずかしい。

下肢には押しあてられた彼の膝があり、大きく脚を開かされているから、擦れる刺激も
圧迫も一層強くなってしまっているのだ。

「まだ痛いか？」

「んっ、見た目…、ほど、痛みはない、けど…、あぅ…ッ」

「そうか」

「あぁっ、なにを…ッ」

ジェイドは足に顔を寄せ、アシュリーのくるぶしに舌を伸ばす。

止める暇もなく腫れのある部分を舐められ、そっと口づけられた。

徐々に唇がつま先に向かい、親指を咥えて指の腹に舌が這う。そうすると今度は足の甲
に舌を滑らせ、ふくらはぎから太ももへと向かった。

内股を丹念に舐められ、少し舌を動かすだけでぴちゃぴちゃと卑猥な音が耳を打つ。その音と舐められている舌の感触でなぜかお腹の奥が震えてしまい、別の感覚を煽られているようだった。

「はぁ、んんぅっ」

「おまえ、大胆だな」

ジェイドは喉の奥で笑い、内股から唇を離す。

愉しげな眼差しがアシュリーの腹部から下肢をゆっくり辿っていて、その意味がわからず首を傾げた。

「なに…が？」

大胆な恰好はしているが、声だって頑張って抑えていたはず…。

そう思って見上げると、彼はニヤリと唇を歪めて自分の右膝を指差した。

「俺の膝におまえのココ、押しつけられてる」

「え…っ!?」

「ほら、見てみろ。すごい染みになってるぞ？　ビショビショだ」

「やぁッ！」

指を差されて彼の膝を見せられ、アシュリーは顔を真っ赤にした。

実を言うとアシュリーは依然として下着を身につけていない。恥ずかしくて用意してほしいと言いだせずにいただけなのだが、最初に抱かれたときからそうだったので、ジェイドはそういうものだと思っているのかもしれない。おかげでアシュリーの中心に直《じか》に押しあてられた彼の膝は布地が一段濃い色に変わってしまっていて、結構な範囲に染みができてしまっていた。

「おまえ、そんなに俺が好きなのかよ？」

「な、に言って」

「そういえば、初めて抱いたときもおまえのココ、ちゃんと俺を欲しがってたよな」

「な、な…っ」

「可愛いやつ」

「かわ…？」

目を丸くして口をぱくぱくさせていると、彼の手に乗せられていた足はそっとベッドに戻され、力強い腕に抱き上げられた。

「アシュリー、おまえが可愛くて堪らない」

青灰色の綺麗な瞳が静かに揺らめき、形のいい唇が柔らかく弧を描く。

こんなときにそんな優しい顔をして言うだなんてずるい。

たったそれだけで胸がいっぱいになってしまい、アシュリーは自らの唇を彼の唇に寄せ、甘い口づけをねだった。

「ぅ、ん…、ジェ…ド……」

ジェイドの指先は足首からふくらはぎ、太ももの順に触れていて、内股をなぞりながら少しずつ身体の中心へ向かっていた。

その気配に喉を鳴らし、絡めた舌に力が入ってしまう。

最初、彼の指は脚の付け根部分ばかりを弄っていたが、もどかしくて腰をくねらせていたら、ジェイドはふっと笑みを零し、指の腹で陰核をとんと突いてきた。

「ん…っ」

「すごく濡れてる。簡単に指が入ってくぞ」

「あぁう…ッ！」

ジェイドは小さな芽を人差し指の腹で撫で、他の指でその周りを刺激しながら徐々に中へと沈めてしまう。

アシュリーは二本の太い指が、第二関節まで入れられる様子を息を呑んで見つめていた。

あんな狭い入り口なのに、すごく簡単に入ってしまった。

指はすぐに抜き差しを始めたが、痛みもなく滑らかに動いている。だが、見え隠れするその指が淫らに濡れ光っているのに気づき、唐突に恥ずかしくなってアシュリーはそこからサッと目を逸らした。

「ああ…ッ！」

しかし、目を逸らした途端圧迫感が強まる。

思わず視線を戻すと、入れられていた指が二本から三本へと増えていた。

「ふ、あ…、いっぱいに、なっちゃ……ッ」

「大丈夫だ。ちゃんと感じられる。この奥のところも、少し上の小さな突起も、たくさん擦ってやるから」

「ん、ん、そんなにしたら…っ」

親指の腹で芽を擦り、中へ沈めた指先は一際敏感に反応してしまう場所を刺激する。

どんどん追い詰められていくのに、ジェイドはアシュリーが息を乱す様子を愉しげな眼差しで見ていた。

「ほら、腕を上げて。服を脱がしてやる」

「ん…、はぁ」

程なくして彼は指を抜き、耳元で甘く囁く。

ジェイドはこうして脱がすのが好きなのだろうか。吐息がかかって肩をびくつかせながら、アシュリーは素直に両手を上げる。すると、腰に巻かれたサッシュが解かれてスカートの裾をするすると捲りあげられ、あっという間に服を脱がされてしまった。

ジェイドが持ってくる服は胸の大きく開いたエンパイアドレスばかりだ。比較的単純な作りをしているものが多いため、こうして簡単に脱がされてしまう。

怪我をしてからというもの、彼はアシュリーが遠慮しても強引に着替えを手伝ってきた。だから手伝いやすいという点でこういった服を選んでくるのかとも思ったが、よくよく考えると怪我をする前から似たような服ばかりを持ってきていたので、単純にジェイドの好みなのかもしれなかった。

「ひぁ…ッ、あ、あぁう」

裸に剝《む》かれた途端、ジェイドは再び指を中心に埋め、空いた左手の指でぴんと尖った乳首を弾く。

手のひらで乳房を包んで持ちあげられ、その主張した突起に顔を寄せると彼は舌先で転がしながら甘噛みをし、アシュリーを上目遣いで見つめた。

そうしている間も彼の右手は身体の中心を刺激し続けている。一旦引き抜かれたせいか、やけに中が敏感に反応してしまう。いつ限界が訪れるとも知れない状態に内股がぶるぶると震えはじめていた。

「あぁっ、あッ、だめ、だめっ」

「なにがだめ？」

「指…っ、そんなに動かしたら……ッ、あぁあっ！」

訴えるとわざと大きく掻き回され、身体が跳ねる。

ジェイドの視姦するような眼差しにも一層追い詰められていく。目を逸らすこともできず、ただひたすら甘い喘ぎを上げ、知らず知らずのうちに指の動きに合わせてゆらゆらと腰を揺らしてしまっていた。

乳房に口づけた彼の唇が僅かに笑っている。

赤い舌が乳首を嬲り、青灰色の瞳が淫らに光った。身体の奥を擦る指先に少しだけ力が入れられ、アシュリーはその刺激に堪えかね、がくんと全身を揺らした。

「ひぁっ、あぁッ、ああ——ッ！」

甲高い嬌声を上げ、押しあげられた絶頂に弓なりに背を反らす。

入れられた指を身体が勝手に締めつけ、断続的に訪れる収縮がさらなる快感を求めてしまう。無意識に彼の唇に自分の胸を押しつけ甘噛みされると、お腹の奥がますます切なくなっていく。

それを見計らったかのように奥のほうを指で掻き回されて、苦しいほどの快感にぼろぼろと涙が零れた。

「あ、あぁ…、あ、あぅ…ん、あ…っ」

快楽の余韻でただ声を上げることしかできない。

いつしかアシュリーはベッドに横たえられていて、ぴんと尖った乳首にジェイドの唇が吸いつく。上下に揺れる乳房をベロッと舐め、腹部の至るところをきつく吸って所有の印を残してから、おへその窪《くぼ》みを舌先で突いて弄ばれた。

「ジェイ、ド…ッ、あ、や…ッ」

全身が敏感になっているから、少しの刺激でも過剰に反応してしまう。

アシュリーは力の入らない身体をくねらせ、涙を零しながら彼の動きから逃れようとした。

「だめだ」

「ああッ!?　ひぁ、う…っ」

それでもジェイドは止めてくれない。

中心に沈めたままの指を再びゆるゆると動かし、舌先で陰核を嬲ってから溢れでる愛液をぴちゃぴちゃと音を立てて舐めだす。

けれど、いくら舐めても次々溢れてしまうからきりがない。ジェイドは喉の奥で笑い、指でいっぱいに広がったソコを固く尖らせた舌でさらに広げ、内壁まで執拗に舐めはじめた。

「ひぁぁ…っ」

「すごいな。おまえの蜜で腹が満たされそうだ」

ジェイドは顔を上げ意地悪く笑う。

アシュリーはぱっと顔を紅潮させ、淫らに濡れる自分の身体が恥ずかしくて、またぼろぼろと涙を零す。

それを愉しげに眺めながら彼は身を起こし、そこでやっと自分の服に手をかける。上衣を脱ぎ去り、シャツのボタンを慣れた手つきで外していくと徐々に逞しい身体があらわになった。

浮き出た鎖骨。鍛えられた筋肉。引きしまった腰。

目が釘付けになるほど彼の裸は色気で満ちあふれ、そしてとても綺麗だった。

「ああ、そうだ」

アシュリーがその身体に見入っていると、ジェイドは脱いだばかりの上衣を掴み取り、懐部分に手を忍ばせて何かを取りだす。

彼は思わせぶりにそれを口に咥え、アシュリーにのしかかって目の前に顔を近づけた。

「え？」

アシュリーは突然のことにぱちぱちと目を瞬く。

彼が口に咥えたのは小さな手鏡だった。

その中に映るのは恐らく自分の顔。

目に涙を溜めて、とてもびっくりした顔をしている。

「ん」

ジェイドは手鏡を軽く咥えながら笑っていた。

首を傾げ、自分が映るその手鏡に手を伸ばす。

少女趣味のやけに可愛らしい作りだ。

しかも、どこかで見た覚えがある。これを見てジェイドが髪を整える姿などとても想像ができない。間違っても彼のものではないだろう。

「あ…ッ！」

ややあって、アシュリーは唐突に声を上げる。

もしかしてこれは、七年前にジェイドにあげた手鏡ではないのかと思ったのだ。

「今度はおまえが持っていろ」

見上げると、ジェイドは少し照れくさそうに頷いた。

間違いない。彼の目がそう言っている。

これはあのときの手鏡なのだ。

「ジェイド…ッ！」

アシュリーは泣きながら彼の首に腕を回した。

嘘みたいだ。ちゃんと持っていてくれた。戦地にまでこの手鏡を連れてきてくれたのだと思うと堪らなかった。

「泣いていてもいいが、そろそろ限界なんだ。もう挿《い》れさせてくれ」

そんなアシュリーに甘い口づけを与え、ジェイドは間近で囁く。

「ん、あぁ…ッ」

大きく開かされた脚の間に熱く猛ったものがぐっと押しあてられ、手鏡を摑む手に思わず力が入る。

それに気づいたジェイドは手鏡を取り上げアシュリーの頭の横に置く。さらに大きく脚を開かれ、少しずつ腰を進められていった。

「あ、あ、あぁ、ああう…ッ」

指とは全然違う熱の塊が中で脈打ち、待ち焦がれていたその力強い熱に胸を焦がす。

愛しい人を素直に受け入れることがこんなにも幸せだなんて……。

徐々に奥へ広がっていく圧迫感は、まるで身体の内側をこじ開けられていくようで、アシュリーは喉を反らせて掠れた嬌声を上げた。先ほどの絶頂の余韻が消えておらず、少しの刺激で内壁がひくつき彼を締めつけてしまう。

すると、自身を刺激するアシュリーの動きに堪えられなくなったのか、ジェイドは眉を寄せて浅く息を吐くと、半分ほどまでジリジリと進めていた腰を一気に奥まで進めた。

「あぁあーッ！」

最奥まで彼で満たされ、全身の肌がざわめく。

耳元にかかるジェイドの息が熱い。その息に身悶え、背中に回された手の温もりにまでぞくぞくさせられた。

しかし、そこで無意識に脚に力が入ってベッドを蹴ってしまい、鈍い痛みが右足に走る。

「んっ」

顔をしかめ涙目になると、ジェイドは慌てた様子でサッと身を起こして、アシュリーの右足にそっと触れた。特に異常がないのを確かめてから大きく息をつき、その足を自分の腕に掛ける。また同じように蹴って痛くしないようにとの配慮だというのは言われなくても充分伝わった。

「だから暴れるなって言っただろ。終わるまでこうしててやるから、あんまり変な動きをしないようにな」

「う、ん」

小さく頷くと額にキスを落とされる。

ジェイドは身を起こして腰を突きだし、中を掻き回す。そうするうちに彼の形に身体が馴染んでいくと、また腰を引かれ、内壁を擦りながら奥を突かれた。

「は、あぁ…っ」

その動きが何度も繰り返され、アシュリーは堪らず身を捩る。

奥を突かれるたびに繋がった場所がぐちゅっとはしたない音を立てるから、何とかしたくて自分の腰の角度を変えてみたがうまくいかない。そんなことに神経を注いでいると、敏感に反応してしまう場所ばかりを擦られ、余計に激しい水音を立てられてしまった。

「あぁ…ッ、あっ、あぁッ」

徐々に上半身を横向きにさせられ、右足がジェイドの肩に担がれる。

浅く深く強弱をつけて突かれ、快楽に身悶える中で、ふと視界に手鏡が映った。

アシュリーは喘ぎながら手鏡を摑んで胸に抱く。溢れる気持ちをそのままにジェイドを潤んだ目で見上げた。

「あ、あ…ッ、ジェイド…ッ！」

彼はその気持ちに応えるように激しくアシュリーを掻き抱く。

汗ばんだ肌、弾む息、力強い腕。熱の籠った眼差し。

激しい律動に深い繫がり、彼が与えるものは快感しかない。狂おしくも愛しい気持ちで満たされ、アシュリーは逞しいその身体にしがみついた。

「アシュリー、ずっと傍にいてやる。もう二度と一人になれないくらい、嫌というほど傍にいてやる…ッ」

「う、あぁ、ああ…ッ」

「おまえが好きだ。本当はどこにも行かせたくなかったんだ……っ！」

「ジェイド、ジェイド…っ、ジェイド……ッ」

それしか知らないようにアシュリーは彼の名を呼び続けた。

唇が重ねられ、互いに舌を絡めて見つめ合う。

ここがいい。一人にならなくていい。嫌というほど傍にいてほしい。

だって毎日思いだしていた。そうしたら、ジェイドが好きだということに気がついた。

少しも褪《あ》せることのない感情だったのに、どうしてアルバラードにいたときに気づけなかったのだろう。

もっと早くこれが恋心だとわかっていたらよかった。

そうすれば、彼を追いかけるのがきっともっと楽しくなっていた。

「あぁ…ッ、あっ、あぁっ」

奥を突かれたまま、激しく身体を揺さぶられる。

お腹の奥が異様に熱い。内股が震えだし、ひくつきが大きくなっていく。

終わりが近づく予感に身悶え、振り落とされないようにとジェイドの首に腕を回して彼を締めつける。

ジェイドの息も荒い。彼も同じように限界が近いのだろう。

手にした手鏡が、窓から降り注ぐ陽の光に反射して宝石のように輝いていた。

それを視界の隅に捉えながら濡れた眼差しを受けとめ、迫り上がる快感に逆らうことなくアシュリーは彼と共に上り詰めていく。他のことなどもう何も見えなかった。

「あぁ、ああッ、あぁ…っ、やっ、あ、ああッ、あぁああ――…ッ！」

悲鳴に似た嬌声を上げ、アシュリーは彼の腕の中で全身を波打たせる。

内壁が灼《や》けつくようだ。

怖いほどの絶頂の波に打ち震え、止まない律動に息を詰まらせて喘いだ。

「――……ッ！」

その直後、ジェイドが微かに呻き、ややあって最奥で精が弾けるのを感じた。痛いくらいの力で腰を抱く彼の腕も、吐く息さえも震えている。ほとんど同時に果てたことが嬉しくてアシュリーは涙を零し、彼だけを見つめた。

零れた雫を彼は目で追いかけ、とても満足げに唇を綻ばせている。

「っは、はあッ、あ…っ、はあ、はあ」

果ててもなお続けられた律動が徐々に緩やかになっていく。

やがてその動きが止まると互いに息を弾ませ、瞬きもせずに見つめ合った。

こんなに満たされた気持ちは初めてだ。そのまましばし時を忘れて深く繋がっていたが、程なくして彼は身体を離し、アシュリーを腕に抱えながら身を横たえる。

瞼にキスが落ち、小鳥の啄みのように唇を重ね、当たり前のように深く甘い口づけに変わっていく。その心地よさに体力の限界を迎えていたアシュリーの視界が徐々に白くぼやけていった。

「す…、き……、あなたが、すき……」

たどたどしく紡いだ言葉が思いのほか幼くて、妙におかしい。

クスクスと笑っていると、綺麗な瞳を揺らめかせながらジェイドも笑った。

その顔をずっと見ていたいと思ったけれど、頬を撫でてくれる大きな手があまりにも心地いい。次第に瞼が重くなって、完全に閉じてしまうと開けられなくなり、アシュリーはその腕の中で瞬く間に眠りに落ちてしまった——。

＋　＋　＋

一方、ジェイドは心地よい気だるさを感じながら、随分長い間、腕の中の無防備な寝顔を見つめていた。

幼い頃は天真爛漫で泣き虫だったアシュリー。

その彼女が泣くことを忘れ、感情を押し殺して生きてきたと知ったときは、己の血が煮えたぎりそうになった。

どうして俺はアシュリーの傍にいてやれなかったのだろう。

どうして俺はもっと早く彼女を奪い返せなかったのだろう。

精一杯やってきたはずなのに、まだ子供だった自分にはどうにもできなかったことなのに、力の及ばなかった過去を悔《く》いてしまう。

「唯一の救いは、誰の手にも穢されなかったことか……」

もし誰かに穢されていようと、ジェイドはそんなことなど気にもしない。

だが、アシュリーのほうはそんなふうには考えないだろう。それだけでも、フェリスが守ったものは計り知れないほど大きい。

ジェイドは小さく息をつき、アシュリーを腕に抱えながらごろっと転がり天井を見上げた。

頭の中に蘇るのは、この城に奇襲をかけた夜のことだ。

フェリスからの密書で自身の率いる部隊がこの城に攻め入ることが決まったとき、ジェイドは密かに歓喜していた。この戦いが終わる前にフェリスもアシュリーも取り戻せる。何としてでも無事に奪い返してみせると——。

『叔母上ーッ!!』

しかし、最悪の事態はすぐに訪れた。

ジェイドがフェリスの姿を見つけたのは、彼女がローランドの兵に斬られようとする寸前のことで、振り下ろされる剣より先に辿りつける距離ではなかった。

——よりによってこのタイミングはないだろう……。

フェリスが通路の中ほどで倒れていく姿にジェイドは愕然とした。

まさか密書の存在がばれてしまったのか？　それとも俺たちが攻めこんだことで、裏切り者と誹《そし》りを受けて問答無用でやられてしまったのか？

ならばアシュリーはどうなった。どうして一緒にいない。無事でいるのか？

さまざまなことを考えるが答えは見つからない。ジェイドはふと、通路の隅で横たわったまま動かない男の存在に気づいた。

死んでいるのか？　この男、見た覚えがあるがまさか……。

『ジェイド様ッ！』

記憶を辿ろうとしたが、その矢先にアベルが追いつき、ローランドの兵士たちに囲まれてしまった。

『アベル』

『……ッ、あそこに倒れているのはフェリス様では』

『ああ。だが話はあとだ。ここは俺一人で充分だから、おまえは通路の向こうを頼む。金髪でエメラルドの瞳の女がいたら身柄を確保してくれ。母親に似ているだろうから、おまえにもわかるはずだ』

『はっ！』

囲まれたとはいえ、まだ少数だ。

この奇襲で向こうは兵の数がまるで足りていない。

これより数が増えたところで高が知れていると思い、ジェイドはアベルを通路の向こうへ行かせるべく、兵士たちの相手をしながら道を作った。

ところが、アベルが通路の奥に消えた直後のこと――。

『ブルーノ様…ッ！』

『まだ生きておられるぞっ!!』

忌々しい名を耳にし、ジェイドは兵士たちの視線を追いかける。

その視線の先には、横たわり動かなかった男が、蒼白な顔で身を起こそうともがいていた。

『どうりで見たことがあるはずだ』

倒れていたこの男がブルーノだったかと、ジェイドは過去にアルバラードに訪れたときの傲慢な態度を思いだす。

だが、あのときの面影など今は微塵もない。

誰にやられたかは知らないが、胸元を己の血で染めあげ、宙を彷徨う視線は虚ろだ。息が細く、もがく腕は弱々しい。身を起こせずにいる姿は、命の刻限がすぐそこまで迫っているのを伝えているようだった。

ジェイドは兵士たちより速くブルーノの傍に立ち、すかさずその首の真横に剣を突き立てる。当然兵士たちは身動きが取れない。下手に動けば主に危害が加えられると思っているのだろうが、すべて見越しての行動だった。

こんな機会を逃す手はない。

ジェイドには、どうしてもこの男に直接確認したいことがあった。

『ブルーノ、死ぬ前に一つ聞かせろ』

『う…、うぅ』

『二年と少し前の話だ。国王の代理として訪れたアルバラードの王族が、ローランドの王都で暗殺された。そのときに手を下したのがおまえの手の者という話があるが、それは本当か？』

それはローランドを攻めこむ二年の間に、至るところでまことしやかに囁かれていた噂だった。

フェリスからの密書にも、そういった噂があることはそれとなく書かれてはいた。

しかし、確証のある話ではなかったため、ジェイドはこの城に攻めこむ際に直接問いただそうと思っていたのだ。

『わ、たしが…死ぬ？』

『そうだ。おまえはこんな場所で惨めに死ぬ』

『は…っ。はは、ははは…、惨めだと？　この私に向かって面白いことを言う男だ』

『そんなことはどうでもいい。質問に答えろ』

『あぁ、しかし驚いた。……まさかアレにこんな度胸がある、とは……』

ブルーノはジェイドの質問には答えず、苦しげに胸を上下させて笑っていた。

この状況で何がおかしいというのか。

見れば先ほどよりさらに目が虚ろになり、どこを見ているのかわからない状態だ。これではまともな答えが期待できないとジェイドは舌打ちをした。

『フェリス、フェリス…ッ！　いないのか……？　フェリス、どこだ。一緒に……。この城はもうだめだ。こんなときに、どこへ行ったんだ。フェリス、フェリス……。しかし、あれはいい女だ。美しい顔に官能的な肉体。未亡人にしておくにはもったいなかった。他のどんな女よりも快楽に導いてくれた』

『……おい、なにを言っている』

『あぁ、もちろんだ。もちろんアシュリーも連れていく』

『……っ』

突然飛びだしたアシュリーの名に、ジェイドはすっと目を細めて握った剣に力を込める。

ブルーノは一体何と会話をしているのだ。

問いかけても虚ろな目でブツブツ言っているだけで、まともな反応がない。

そのうえ、好色じみた言葉の何と不快なことか。

死の間際にこんなことを口走るなど下種《げす》の極みとしか言いようがない。おまけにその汚れきった唇からアシュリーの名を発せられた苛立ちに、ジェイドはいつ暴走するかわからない己の剣を静めるのに神経を注がねばならなくなった。

『は…っ、まったくアレには呆れるばかり。身の程知らずもいいところ……。おまえにならどくれてやるわけがない。……あぁ、待つのも悪くなかった。成長が愉しみだった。そうとも、アルバラードで初めて見たときからだ。あの瑞々しい白い肌、豊満な胸と細いくびれ。あどけなさの残る表情さえ悩ましく、遠目からでも腰が疼いた。アシュリー、私はずっと、このときを待ちわび――……ッ!?』

いきなり喋りだした内容に、ジェイドは自分の中で音がしたのを聞いた。

何かがブツッと切れた音だ。

全身が粟立ち、気づいたら腕が動いていた。

なんて残酷な気持ちだ。それでいて、虫一匹を仕留めた程度の気分だった。

『貴様、よくもブルーノ様を…ッ！』

顔を上げるとローランドの兵士たちが、敵意剝きだしの顔で剣を構えていた。

やけに感覚が鋭い。この場にいるすべての者の息づかい、鼓動、筋肉が動く音、何もかもが手に取るようにわかってしまう。

『今、何かしたか？　小さなことでそうカリカリするなよ』

ジェイドは血が滴る剣を振り上げて笑っていた。

収まらない憎悪。哀れな傀儡《くぐつ》。

おまえたちは何のために戦う？　最期に女を抱くことだけを考えていた城主のためか？

問いかけたが誰からも答えは得られず、誰一人逃げることもなく、悔しげな顔で散っていった。

強い者が勝つのは当然だ。それくらい子供でも知っている。

子供だったから、力がなかったから、何もかもが足りなかったから奪われた。

どうしようもなく弱かったから、だから別れの挨拶を言われる前に逃げだした。

『はあ…ッ、はあッ、はあ、はあ……』

やがて自分以外に立っている者が一人もいなくなり、妙に寂しくなって辺りを見まわす。

ふと視線を感じて顔を向けると、フェリスがこちらを見ていた。

彼女は微笑んでいた。悪鬼の如く剣を振るっていた自分を恐れる様子もなく、懐かしいと、大きくなったのねと言って、ただ目を細めていた。

この城でアシュリーがどんなふうに孤立させられていたかなど、そのときのジェイドには知る由《よし》もないことだった。

けれどフェリスは必死だった。その涙で充分だった。

『ジェイド、アシュリーをお願い。私は、もう守れない……。あの子を助けて…。どうかお願い……っ』

自分にできたのは、目を伏せてただ頷くことだけだった。

心底安心した様子で涙を零す最期の一瞬を、静かに見届けることしかできなかった——。

――…ン、コン。

意識の向こう側から扉を叩く音がする。

寝返りを打とうとしていたのを止め、ジェイドはガシガシと髪を掻きあげた。

「う、ん…」

うっすら目を開けると、アシュリーが気持ちよさそうに眠っている。

どうやらいつの間にか自分も寝ていたらしい。

夢を見た。

この城に来てから幾度となく見た夢だ。

それが今日はいつになく鮮明で、じっとりと汗をかいている。

大あくびをしながらむくりと起きあがったジェイドは、ぼんやりした頭で周囲をきょろきょろと見まわし、そこで見つけた己の服を下だけ身につけた。

――コン、コン。

またノックが聞こえて小さく息をつき、アシュリーに毛布をかけて扉に向かう。

予想はしていたが、扉を開けるとそこにはアベルが立っていて、ジェイドの上から下までを視線で一往復してから彼は口を開いた。

「お休みのところ申し訳ありません。一つだけ報告をよろしいでしょうか」

「ああ、どうした」

「王都に乗りこんでいたケヴィン、レナード両殿下から『少し遅れるが、先に戻っていてくれ』とのご伝言が」

「っは…、あいつら、随分羽を伸ばしているようだな。首尾よくいっていればそれでいい。言われなくとも先に戻るさ。俺がここにいる理由はもうないんだからな」

その伝言にジェイドは大きく頷いて笑った。

ローランドが降伏したことにより、その王宮には現在アルバラード王の息子ケヴィンとレナードが乗りこんでいる。彼らはローランド側にさまざまな要求を突きつけ、その合間に美しい都を堪能してもいるらしい。それらの報告はジェイドがアシュリーの怪我を看《み》ていた間にも続々と入ってきていた。

ただ一部では、王宮に乗りこむべきはジェイドのほうだったと不服に思う声があると聞く。

だが、今後のことは誰が指揮してもいいとジェイドは思っていた。

皆、思いは同じだ。前に進んでいくことに違いはない。戦いに神経を張り巡らせる日々はもう終わったのだ。

「私は残念ですけどね。勝利に導いた立て役者はジェイド様だ。本当はあなたに王都を落としてほしかった」

そして、ここにも不服を漏らす者が一人。

珍しく本音を零す様子に、ジェイドは苦笑を浮かべた。

「俺を王位継承のゴタゴタに巻きこむ気かよ。やっと休めるんだ。そういうことはあいつらに任せておけばいいんだよ」

「あなたがそうおっしゃるのなら、今は引きますが」

「おいおい、物騒なやつだな。俺はそういうの向いてないんだ。もともと本を愛する心優しい少年だったんだからな」

「ほう、それは初耳です。本は枕にして眠るものだと、あなたが昔言っていたのは覚えがあるのですが」

鋭いつっこみにジェイドは咳払いをする。

茶化した時点でその気がないと察してくれ。

アベルはどこまで本気で言っているのだろう。そう頭の隅で考えつつも、これ以上話を引っぱりたくなかったので、ジェイドは素知らぬ顔で違う話に切り替えることにした。

「……ところで出立の準備はどこまで進んだ」

「ほとんど終わっています。あとはアシュリー様の怪我の具合によってでしょうか。クリス様もご一緒と考えてよろしいので？」

「ああ、降伏したとはいえ油断ならない連中だ。向こうに渡せば政治の道具にされるのは目に見えている。それに、ブルーノ亡き今は後ろ盾がなくなり、アルバラードの血が半分入っているというだけで嫌悪と侮蔑の対象になりかねない。立場が逆転したところで、そうは簡単に人の思考は変わらない。アルバラードでも多少は嫌な目で見られるかもしれないが、俺の庇護下にいればローランドにいるよりも少しはましな生活を送らせてやれる」

「ええ、遥かに幸せだと思いますよ」

アベルは目を細めて頷く。

賛成と思われるわかりやすい反応に、ジェイドはふっと笑みを零した。

クリスはクリスでこれまでいろいろあったらしいことは、この城に乗りこんだその日に本人から直接聞いている。

瀕死だったとはいえ、ジェイドはブルーノの息を止めた。

その一部始終をクリスは見ていたが、彼はジェイドを憎むどころか好意的な眼差しで懐いてきた。

しかしそれもすべて理由があってのことなのだ。

クリスは時折、母が父に犯され涙を流す様子を傍で無理やり見せられていて、密かに憎悪を募らせていたというのだから――。

「あの年で父親を憎むというのはよほどのことです。心の傷は残るかもしれません。だとしてもクリス様は聡明ですから、周囲がむやみやたらに手を貸さずとも、自分の頭と心で考えて一つひとつ前に進んでいくことでしょう。ジェイド様に随分憧れているようなので、案外やんちゃに成長するかもしれませんよ」

「今が大人しすぎるくらいだから、ちょうどよくなるんじゃないか？」

「かもしれませんね」

アベルには自分がブルーノに止めを刺したこと、クリスが父を憎んでいる理由もそれとなくは話してある。

ブルーノのことについて特に咎められたりはしていない。無用な怨恨を多方から抱かれないためにも、このままエリックに殺されたことにしておきましょうと言われただけだった。

クリスのことについてもアベルは特別な反応を見せないが、能面みたいな顔をして結構子供好きなようで、日中でも手が空けば他の兵士たちと共に遊び相手になっているようだ。国に戻っても、アベルはそうやってさり気なく手を貸しにやってくるのだろう。

「では、私はこれで失礼いたします」

「ああ」

敬礼をして去っていく背中を見送り、ジェイドはまた大きなあくびをする。

中途半端に寝てしまったから余計に眠いのだろうか。

扉を閉めてガシガシと頭を掻きながらベッドに戻ると、アシュリーの眠る毛布の膨らみの横にごろっと横になった。

「よく眠ってるな……」

すうすうと規則正しい寝息を耳にして唇を綻ばせた。

だが、その穏やかな気分を邪魔するように先ほどの夢がふと頭に過る。

ジェイドは自分の手を天井に向かって掲げ、じっと眺めてから力いっぱい握りしめた。

――随分穢れてしまったな。

それなのに、血に塗れたこの手でアシュリーに触れることに躊躇いはない。

おかしなことだろうか。間違っているだろうか。

「手放して、それでなにが変わるというんだ？　どうせ突き放したって、おまえは俺を追いかける。だからこれでいいんだ」

そんなのわかり切ったことだ。

いなくなったら、どちらかがどちらかを追いかけるだけ。

たったそれだけのこと。俺たちはそういうふうにできている。

聖人君子の真似事など俺にはできない。アシュリーを諦めることなど、できるわけがないのだから……。

ジェイドは毛布の中に身体を滑りこませ、アシュリーを抱き寄せると目を閉じる。

柔らかく甘い香りに包まれながら、その夜は久々に夢にうなされることなく朝まで眠ることができた――。

終章

今日は珍しくぽかぽかとした陽差しが気持ちいい。

アシュリーは北の塔の壁に背を預けて座り、ぼんやりと空を見上げながら、その風を心地よく感じていた。

「ねぇ、アシュリーはずっとここで空を見上げていたの？」

何も考えずにいたら、隣で同じように座っていたクリスに話しかけられる。

アシュリーはあどけない眼差しに向かって笑顔で頷いた。

「そうよ。何も降っていなければ毎日こうしていたわ。この空がアルバラードに繋がっているんだって思うと気持ちが少し明るくなったの」

「アルバラードはローランドよりもいいところ？」

「……私にとっては、楽園のようなところだったわ」

昔と今とでは状況が違う。

きっとさまざまなことが変わってしまっただろう。

だけど、アシュリーが好きだったのは、あの場所で過ごしたなんでもない日常と、大切な人たちに囲まれた日々だった。両親や伯父は亡くなってしまったが、それでもあの地がかけがえのない時を与えてくれたことに変わりはない。

「僕ね、ずっと考えていたことがあって」

「うん」

「母上のこと」

「うん…」

「ジェイドたちが城に攻めこんだ夜……。騒ぎに気づいた直後、母上はいきなり僕の手を引いて走ったんだ。向かったのはいつも使わない通路のほうで、どうしてかなって思ってた。でも、今日この塔に来てわかったよ。母上はきっとアシュリーを迎えに行こうとしてたんだね。あの通路はここに一番近いもの」

「クリス…」

「……アシュリーのところに行けなかったこと、すごく哀しかったと思うな。途中で父上と兄上がもめているのを見かけて、僕に『少し待っていて』って言い残して母上は様子を見に行って……それであんなことになっちゃうなんて思わなかった」

クリスはきゅっと唇を引き結んで俯き、泣くのを堪えているようだった。かける言葉が見つからず、アシュリーは小さな身体を抱きしめようとした。けれど、触れる寸前でクリスはぱっと顔を上げ、大きく息を吸って何かを強引に吹っ切った様子でアシュリーに向き直った。

「あのね、アシュリー。僕には姉上がいるって、前に母上が話してくれたことがあったんだ。そのときの母上がとっても優しい顔をしていたから、母上は姉上のことが大好きなんだって思ってた。会ってみたらその気持ちがわかったよ。僕もアシュリーを大好きになったもの」

クリスは両腕で自分の膝を抱え、ちょっと照れくさそうに笑う。

その笑顔が微かに母の面影と重なり、アシュリーはお守りのようにつけている髪飾りに手を当て、大きく頷いた。

クリスは辛い思い出だからと逃げようとせず、ちゃんと向き合って前に進もうとしている。なんて強い子なのだろう。自分もそれを見習ってもっと強くならなければと、アシュリーはクリスの言葉で改めて救われたような気持ちになっていた。

「あ、ジェイドだよ！」

不意にクリスが声を上げ、ぱっと立ちあがった。

その視線の先には、渡り廊下の向こうからやってくるジェイドがいて、クリスは満面の笑みで両手を振っている。そんな姿は子供らしくて、全身で気持ちを表現しているようだった。

「クリスはジェイドが好きなのね」

「うん、大好き！　僕、ジェイドみたいになりたいんだ」

「ジェイドみたいに？」

アシュリーは目を丸くした。

まさかそこまで憧れているとは思わなかった。

ジェイドはかなりの上背があり、見下ろされると威圧感がある。おまけに口が悪いので、小さな子供にとって怯える要素が十二分にありそうだが、クリスが彼を怖がったことは一度もない。それとも、あの荒っぽいところが意外と好かれる要素だったりするのだろうか。

そんなふうにアシュリーがあれこれ考えていると、クリスは僅かに瞳を曇らせて言った。

「僕は弱虫だから、強くなりたいんだ……」

「え？　クリスは弱虫なんかじゃないと思うわ」

「ううん。……だって、夜になると父上が母上に意地悪をして泣かせてたのを知ってる。夜なんて来なければいいのにって、母上が唇を噛みしめていたのを知ってる。兄上とはほとんど話したことがなかったけど、周りに誰もいないと僕に近づいてきて、いつもげんこつで殴った。——僕は本当に弱虫だ。父上が怖くて…、怯えてばかりで母上を助けられなかった。兄上にもずっと立ち向かえなかった。だけど、ジェイドが教えてくれた。大切な人を守りたいなら、強くならなきゃいけないんだ」

「……っ」

アシュリーはショックを隠しきれずに言葉を失う。

まさかそんなことがあっただなんて……。

ブルーノのしてきたことも、エリックの愚かな行為にも絶句するばかりだ。

しかしそういう前提があったなら、クリスの気持ちもわかる気がした。

血の繋がった肉親に負の感情を持つのは哀しいことだが、クリスの目には父も兄も悪者に見えていて、ジェイドのおかげで彼らが退治されたと思っているのかもしれない。

だからこそ強さに憧れを持ったり、自分もそうなりたいと願うのだろう。人から見れば哀しく映ることでも、クリスにとってはそれが自然な感情の流れなのだ。

「そろそろ行くぞ」

言葉を詰まらせているとジェイドが近づいてくる。

アシュリーが立ちあがると、クリスは待ちきれないといった様子で駆けだした。無邪気にジェイドの太ももへ突進していく姿は本当に嬉しそうだった。

「もう時間？」

「ああ。……おい、アシュリー、おまえは歩かなくていい」

近づこうとすると、ジェイドは早歩きになってアシュリーの傍までやってくる。すっかり心配性になって、なんだか過保護になってしまったみたいだ。

だって今日は誰の手も借りず、自分の持ち物を取りに北の塔まで来たのだ。アシュリーはずっと使ってきた思い出の櫛を手にしながら、もうそんなに気にかけてもらわなくても大丈夫だと言おうとしたが、彼はすかさず腕を伸ばして抱き上げてきた。

「いいから、完治するまでは甘えておけよ」

「う、ん」

嬉しくは思うが、若干子供扱いされているようで曖昧な返事をしてしまう。

ジェイドは構うことなくゆっくり歩きだす。クリスはそんな彼の上衣の裾を摑み、小走りになりながら、にこにこ笑っていた。

「ねぇ、ジェイド。アルバラードはどんなところ？」

「そうだなぁ。悪くないところだよ」

「怖い人はいる？」

「そんなやつがいたら俺がとっちめてやる」

「友達はできるかな」

「できるできる」

「恋人も？」

「それは…、努力次第だ」

「ジェイドはアシュリーに好かれるために、どんな努力をしたの？」

「……」

キラキラした目で矢継ぎ早に問いかけられ即答していたが、ジェイドは最後の質問で詰まっている。

おかしくて笑ってしまいそうだ。

彼がそんな努力などしたことがあっただろうか。記憶をたぐり寄せても、アシュリーにはジェイドがそんな努力をしている姿など一つも思いだせなかった。

ジェイドは眉を寄せて宙を仰いでいたが、程なくして何か思いついたように頷いた。

「あれだ、髪を梳かさずにいることだ」

「えっ⁉」

「そうすると、なぜか櫛と手鏡を持って梳かしにやってくるようになる」

「へえ、そうなんだ！」

クリスは感心していたが、アシュリーは苦笑いしかできない。

そんなものが努力のわけがないし、単にずぼらなだけだ。たまたまそれを見逃せなかったアシュリーが櫛と手鏡を持参して彼を追いかけてはいたが、誰しもが当てはまることではない。こんなことを真に受けて、好きな子に嫌われてしまったらどうするのだ。

「クリス、ジェイドのそういう話は当てにしちゃだめよ」

「どうして？」

「そういうのは人それぞれだけど、頭がボサボサだから好きになったりはしないのよ」

「そうなの？」

「好きな子ができたら優しくしてあげるといいと思うわ。大抵の子は意地悪をされたら、相手の子を嫌いになってしまうからね」

「うん」

クリスに言い聞かせながら、アシュリーはジェイドに目を移す。

ニヤニヤと笑う彼は『おまえは例外だよな』と言っているようだ。別に意地悪されるのが好きなわけではないのだが、それを説明するのも面倒なので今は適当に流しておくことにした。

「今日は旅立ちには最高の天気だな」

ふと、ジェイドは足を止め、雲一つない晴天を見上げた。

彼の瞳に空の青が映りこんで、いつもより明るく見える。アシュリーは思わずその美しい色に見入ってしまった。

「あ、そうだ。アシュリー、アルバラードに戻ったら、すぐに結婚式だから楽しみにしておけよ」

「え？」

「二年前、そう言ってアルバラードを出てきたんだ」

「き、聞いてないわ！　求婚だってまだされてないのに!!」

「なに言ってんだ。もらってやるって言っただろ」

「いつ!?」

「俺が十二歳のとき。かっこいいトカゲ、誓いの代わりにあげただろ？」

「――ッ!!」

「忘れっぽくて哀しいよな。なぁ、クリス。俺のこと可哀相って思うだろ？」

「うん」

アシュリーが絶句している間にジェイドはクリスの同情を誘っている。

誓いのトカゲ……。覚えているに決まっている。

だが、あれが求婚のつもりだったなんて誰が思うというのだ。

「あんなのじゃ嫌！　もう一回ちゃんと言って！」

「なんだ、覚えてたのか。じゃあ、あとで二人きりのときにな」

「う、うん」

「それじゃ、帰ろうか」

ジェイドは隣の家に戻るみたいに簡単に言う。

アルバラードまでは長い道のりがあるのにと思いながら、アシュリーはくすりと笑って空を見上げた。

きっとこんなやりとりを、これからも二人で積み重ねていくのだろう。

焦がれていたアルバラードの地を踏みしめ、アシュリーはジェイドの隣に寄り添う。

そこでは彼の髪を毎日のように梳き、怒ったり笑ったり、そして泣いたりと毎日がとても忙しい。

時には冗談を言い合い、意見を交わし、その眼差しと同じ方向を見て生きていく。

「早く帰りたい」

窮屈だった北の塔はもう見えない。

抱きしめる彼の腕に力が入り、それが返事なのだと思った——。

あとがき

最後まで御覧いただき、ありがとうございました。作者の桜井《さくらい》さくやと申します。ありがたいことに、本作でソーニャ文庫さんから出版させていただく五作目のお話となりました。最初の頃より少しは前進できていればいいのですが、今はただ読んでくれた人が楽しんでもらえたらいいなと願うばかりです。

今回は意地悪なヒーローを書きたいという安直な発想から話を作りはじめたのですが、思っていた以上にさまざまな思惑や感情が絡み合い、今までで一番悩みながら書いた話だった気がします。ただ、最終的に主人公たちが序章のような関係に近づくことを終着点にすると決めていたので、その点は迷いなく書けた話でもありました。

それにしてもガキ大将のようなジェイドを書くのが、作中で一番楽しかったです。アシュリーとの再会後は、彼なりの理由でのらりくらりと本心を隠し、ちょこちょこ隠しきれず、時にだだ漏れで、そのくせ不信を買う行動を取ったりもする。端から見ていたアベルが密かに一番やきもきしていたように思えます。あなた、何やってんですかと。

ちなみに少年期のジェイドがボサボサ頭を放置していたのは、アシュリーに髪を梳かしてほしいという下心です。

ヒロインのアシュリーについては、報われないことが多くて随分悩みました。父の死から間もない敵国への旅立ち、虐《しいた》げられた日々、亡くなったあとに知った母フェリスの真実、それからエリックのとんだ小物っぷりとか。あ、最後のはちょっと違う。……何はともあれ、今は一刻も早くアルバラードの地を踏みしめさせてやりたいなと、それしかないです。

最後に『執事の狂愛』に続いて再びイラストを担当してくださった蜂不二子《はちふじこ》さん、編集のYさんをはじめとして、本作に関わっていただいたすべての方々に、この場をお借りして御礼を申し上げます。

それでは、皆様とまたどこかでお会いできれば幸いです。

ここまでお付き合いいただき、ありがとうございました。

桜井さくや

この本を読んでのご意見・ご感想をお待ちしております。

◆ あて先 ◆

〒101-0051

東京都千代田区神田神保町2-4-7 久月神田ビル7階

㈱イースト・プレス　ソーニャ文庫編集部

桜井さくや先生／蜂不二子先生

軍神《ぐんしん》の涙《なみだ》

2015年11月8日　第1刷発行

著　者　桜井《さくらい》さくや

イラスト　蜂不二子《はちふじこ》

装　丁　imagejack.inc

DTP　松井和彌

編集・発行人　安本千恵子

発行所　株式会社イースト・プレス

〒101-0051

東京都千代田区神田神保町2-4-7 久月神田ビル8階

TEL 03-5213-4700　FAX 03-5213-4701

印刷所　中央精版印刷株式会社

ISBN 978-4-7816-9565-5